Über die Autorin:

Niku Masbough (geb. 1992) hat Mathematik, Philosophie und Deutsch als Fremdsprache studiert. Als Mathedozentin lehrt sie in der Erwachsenenbildung. In ihrer Freizeit widmet Niku sich ihrer Leidenschaft, dem Schreiben.
„Der Blick in den Spiegel, Catherine" ist ihr zweiter Roman.

Niku Masbough

Der Blick in den Spiegel

Catherine

Roman

Bibliografische Information der Deutschen Nationalbibliothek:
Die Deutsche Nationalbibliothek verzeichnet diese Publikation in der Deutschen Nationalbibliografie; detaillierte bibliografische Daten sind im Internet über http://dnb.dnb.de abrufbar.

TWENTYSIX – Der Self-Publishing-Verlag
Eine Kooperation zwischen der Verlagsgruppe Random House und BoD – Books on Demand

Copyright © 2020 by Niku Masbough

Herstellung und Verlag:
BoD – Books on Demand, Norderstedt

ISBN: 978-3-740-76447-0

Illustration: Pixabay
Unterstützung: Bjela Schwenk
Autorenfoto: Roland Unruh
Lektorat: Niku Masbough
(Website: https://niku-masbough9.webnode.com/)

Für meine Eltern.

1. Kapitel

Ich rutsche etwas näher zu meinem Liebhaber und schmiege mich glücklich an seine Schulter. Er legt den Arm um mich, wie um mich zu beschützen.
Wir sitzen in seinem geräumigen Wohnzimmer auf dem Sofa. Vor uns knistert der Kamin. Ein kurzer Blick aus dem Fenster verrät mir, dass es draußen angefangen hat, zu schneien. Kein Wunder, bei den eisigen Temperaturen! Mir fällt ein, dass in weniger als zwei Wochen schon Weihnachten ist. Pünktlich zum Fest der Liebe haben die Temperaturen Minusgrade erreicht. Die Hoffnung, dass es dieses Jahr weiße Weihnachten werden, ist damit gepflanzt.

Doch soweit möchte ich noch nicht denken. Weihnachten liegt irgendwo in der Zukunft. Viel wichtiger ist das Hier und Jetzt. Ich schließe die Augen. Irgendwo in meinem Inneren höre ich eine Stimme schreien: *Ich bin glücklich! Sooo glücklich!* Dieses Gefühl von Freude und Glück ist das, was zählt. Es ist das, was mich dazu bringt, etwas Verbotenes zu tun. Immer und immer wieder …
Mit geschlossenen Augen versuche ich, diesen Augenblick innerlich festzuhalten und zu verewigen: Ich sitze, eingekuschelt in meinen pinken Wollpullover neben dem Mann, den ich liebe. Ich weiß, wie sehr er diesen Pullover an mir mag.

Die Fenster sind leicht beschlagen. Wir lauschen auf das Knistern des Kamins und spüren seine Wärme auf unserer Haut. Obwohl die Wohnung sehr geräumig ist, ist es dennoch überall gemütlich warm. Vielleicht liegt das aber auch an der Ausstattung der Wohnung. Die Wände sind in einem hellen Orangeton gestrichen, der Boden ist mit Holzparkett ausgelegt, zwischen dem Kamin und dem Sofa liegt ein echter Fellteppich und hier und da hängen Weihnachtsdekorationen. Überall in der Wohnung trifft man auf Duftkerzen, die einen herrlich süßlichen verbreiten. Nur der Weihnachtsbaum fehlt. Da Michael allein wohnt und Weihnachten bei seiner Familie verbringen wird, hält er es für umständlich, noch einen Baum aufzustellen.

Ich blicke ihn verstohlen von der Seite an. Sofort kribbelt es in meinem Bauch und ich fühle mich in meine Jugend zurückversetzt. Michael ist nicht nur intelligent, charmant und gutaussehend, sondern hat auch noch ein Händchen fürs Dekorieren. Es liegt ihm einfach, Sachen zu verschönern. Ganz zu schweigen von seinen Fähigkeiten im Bett ... Jemanden wie ihn trifft man selten und ich weiß, was für ein Glück ich habe. Obwohl er bald fünfundvierzig wird, ist er verdammt attraktiv. Doch das beste ist, dass Micha - das ist sein Rufname - nie geheiratet hat. So habe ich ihn ganz für mich.
Um ehrlich zu sein, beneide ich ihn manchmal um sein Leben. Micha wohnt ganz für sich, ohne jegliche Verantwortung für Kinder und ohne, dass er Rechenschaft über sein Tun und Lassen abgeben müsste. Ein sorgenfreies, ruhiges Leben. Im Gegensatz zu mir. Verstohlen werfe ich einen Blick auf den Ehering an meinem Finger. Das schlechte Gewissen überkommt mich. Anstatt den Abend mit meinem Mann und unseren beiden Söhnen zu verbringen, bin ich hier bei meinem Lover. Zuhause gebe ich vor, Überstunden zu machen. Ein Teil von mir ist entsetzt darüber, wie leicht die Lügen über meine Lippen kommen. Doch ich rede mir vehement ein, dass ich nicht anders kann. All die Lügen,

die Geheimnistuerei und die Gewissensbisse sind es wert, um bei Micha sein zu können.

Er fährt mit einer Hand durch meine Haare.
„Ist alles in Ordnung, Liebes?"
Ich nicke verspielt. Micha sieht mich an. Ein Lächeln erscheint auf seinen Lippen. Verdammt, ist er heiß!
„Wenn dir kalt ist, dann nimm dir ruhig eine Decke."
Er zeigt auf die andere Ecke des Sofas, wo zwei weiße, flauschige Decken akkurat gefaltet aufgestapelt sind.
„Nein, alles gut. Mir ist nicht kalt."
Es stimmt. Obwohl ich nur Unterwäsche und den Wollpullover anhabe, ist mir nicht kalt. Die Wärme des Kamins umhüllt mich.
„Soll ich uns heiße Schokolade machen?", fragt Micha.
„Oh, das wäre lieb."
Er beugt sich zu mir rüber und drückt mir einen Kuss auf die Lippen, bevor er in dem hinteren Teil des Wohnzimmers verschwindet, wo sich die Küche befindet. Es ist ganz praktisch, so eine offene Küche direkt neben dem Wohnzimmer zu haben. Auf der anderen Seite des Wohnzimmers verläuft der Flur, der zu vier weiteren Zimmern führt: Michaels Schlafzimmer, sein Büro, ein Gästezimmer und ein Zimmer, wo er seinen Kleiderschrank und anderen Krempel untergebracht hat. Ich mag seine Wohnung. Sie ist nicht nur schön und zeugt von Geschmack, sondern gibt mir immer das Gefühl von Geborgenheit. In den letzten paar Monaten, wenn wieder mal alles drohte, über mir zusammenzubrechen, konnte ich mich zu Micha zurückziehen. Es ist, als ob Michaels Wohnung eine kleine, eigene Welt, abgeschottet von der Außenwelt, wäre. Eine Welt, in der ich jeden Moment genieße und wo ich mich wohlfühle.

Ich drehe mich um und werfe verstohlen einen Blick auf Micha, der immer noch in der Küche herumhantiert. Ich sauge dieses Bild in mich auf: Ein umwerfender Mann, der heiße Schokolade macht.
Micha ist etwa eins achtzig groß, hat hellbraune Haare und grüne Augen. Er trainiert regelmäßig im Fitnessstudio und ist stets gepflegt. In vielerlei Hinsicht sind wir uns ähnlich und daher auch oft einer Meinung.

„Hier." Micha hält mir eine Tasse heiße Schokolade hin.
„Danke!" Sofort schlägt mir der Duft nach Zimt entgegen. Und obwohl ich weiß, dass die Schokolade meinen Mund verbrennen wird, kann ich nicht anders und nippe daran.
„Die ist richtig gut.", lobe ich ihn. Micha nimmt wieder neben mir Platz.
„Na ja, ich versuche dich doch zu beeindrucken.", zwinkert er mir zu.
„Und das gelingt dir auch, Schatz." Ich stelle meine Tasse auf dem Glastisch vor dem Sofa ab und schlinge die Arme um ihn.
„Ich liebe dich.", flüstere ich an seinem Ohr.
„Ich dich auch."
Wir halten uns eng umschlungen. Ich fahre ihm mit der Hand durch die Haare und atme seinen Geruch ein. Michael streichelt über meinen Rücken und hält schließlich mein Gesicht vor seines. Dann drückt er seine weichen Lippen auf meine. Ich schmelze dahin. In diesem Moment existieren nur wir beide auf dieser Welt. Ich konzentriere mich nur auf den Kuss, nehme seine Oberlippe zwischen meine Lippen und ziehe daran.
Meine Lider flattern und ich erhasche einen kurzen Blick auf Micha. Er lässt von meinen Lippen ab und küsst meinen Hals. Zentimeter für Zentimeter bedeckt er meine Halskuhle mit Küssen. Dann fährt er mit der Zunge

darüber. Unwillkürlich stöhne ich. Es ist eine meiner empfindlichsten Stellen und Micha weiß das inzwischen nur zu gut. Er kennt meinen Körper in- und auswendig. Dann lässt er seine muskulösen Hände weiter nach unten gleiten, streichelt und umfasst meine nackten Oberschenkel, um mich auf seinem Schoß zu ziehen. Zwischen seinen Küssen lasse ich mich auf seinen Schoß gleiten und schlinge die Arme fest um ihn.
Obwohl es keinen Anlass dazu gibt, beschleicht mich urplötzlich ein komisches Gefühl. Eine Art sechster Sinn verrät mir, dass wir beobachtet werden. Schlagartig verfliegt das gute Gefühl, dass ich bis gerade eben verspürt habe. Ich setze mich senkrecht auf und nehme Michaels Kopf in beide Hände, um ihn zu stoppen.
„Was ist, *chérie*? Gefällt es dir nicht?"
Ich sehe Micha nachdenklich an. Soll ich ihn von meinem unguten Gefühl erzählen? Oder bilde ich mir gerade nur etwas ein? Während ich noch unschlüssig bin, nimmt Micha meine Hand in seine und führt sie zu seinen Lippen. Plötzlich hält er inne. Mir ist sofort klar, wieso. Er starrt auf den Ehering an meinem Finger. Ich ziehe meine Hand weg.
„Tut mir leid.", entschuldige ich mich beschämt. Am Anfang unserer Beziehung habe ich immer darauf geachtet, den Ring abzunehmen, wenn wir zusammen waren. Auch weil ich nicht ständig daran erinnert werden wollte, dass ich eigentlich verheiratet bin. Doch dann, mit der Zeit, ließ ich ihn immer öfter am Finger. Da Micha darüber nie ein Wort verlor, dachte ich, dass es ihn nichts ausmachen würde.
„Schon okay.", erwidert er.
Doch die Magie ist verschwunden. Es ärgert mich und ich beschließe, Micha doch von meinem unguten Gefühl zu erzählen.

„Ich … ich habe Angst, dass uns jemand beobachtet.", stammle ich. Ich wage es nicht, Micha in die Augen zu sehen. Bestimmt denkt er, ich habe den Verstand verloren.
„Wer sollte uns denn beobachten?", fragt er verwundert.
Ich zucke entschuldigend mit den Schultern.
„Tut mir leid, ich … ich hatte nur so ein komisches Gefühl."
„Hey." Michael schlingt seine Arme um meine Taille und drückt mich an sich. „Es ist alles in Ordnung. Mach dir keinen Kopf."
Er hat Recht, es ist nichts, rede ich mir ein. Doch das ungute Gefühl bleibt.
Ich löse mich aus seiner Umarmung, drehe mich um und greife nach meiner Tasse.
„Die Schokolade wird sonst kalt.", erkläre ich.
Ein Grinsen erscheint auf Michas Lippen.
„Klar, ich weiß doch wie sehr du Schokolade liebst."
Ich setze die Tasse an meinen Lippen an, doch gerade als ich daran nippe, klingelt es an der Haustür. Ich zucke zusammen. Schokolade tropft auf meine nackten Oberschenkel und verbrennt meine Haut.
„Wer kann das sein?", überlege ich laut.
Micha zuckt mit den Schultern. Ich stehe von seinem Schoß auf, damit er sich erheben und nachsehen kann.
„Ja?", höre ich Micha fragen, als er die Haustür öffnet.
„Kann ich bitte mit meiner Frau sprechen?", ertönt die zynische Antwort. Vor lauter Schreck lasse ich die Tasse fallen. Sie landet auf dem Holzparkett, direkt neben meinen Füßen und zerbricht in tausend Teile. Die leckere Schokolade bildet eine dunkelbraune Pfütze. Unwillkürlich fange ich an, zu zittern. Obwohl ich den Besucher vom Wohnzimmer aus nicht sehen kann, erkenne ich die wohlbekannte Stimme sofort. Es ist mein

Ehemann, Jürgen. Sofort schießen mir tausend Gedanken durch den Kopf: Woher weiß er, dass ich hier bin? Wie viel weiß er? Und was mache ich jetzt?
„Ich werde mal nachsehen.", erwidert Micha schlagfertig. Bevor Jürgen noch etwas sagen kann, schließt mein Liebhaber die Haustür und kommt ins Wohnzimmer zurück.
„Ist alles okay?", fragt er besorgt. Dann wandert sein Blick nach unten zu der zerbrochenen Tasse.
„Es ... es tut mir leid. Ich mache das sauber."
„Nein, lass!" Sofort ist Micha an meiner Seite und legt den Arm um mich. „Ich mache das schon. Kate." Er umfasst mein Kinn und zwingt mich, ihm in die Augen zu sehen.
„Was soll ich machen wegen ..." Er nickt Richtung Haustür.
Ich weiß, dass es kein Entkommen gibt. Obwohl ich noch zutiefst geschockt bin, ist mir bewusst, dass ich mich meinem Mann früher oder später stellen muss. Jürgen ist kein nerviger Kunde, den man irgendwie loswerden kann. Er ist mein *Ehemann*. Der Mann, mit dem ich seit über sechzehn Jahren verheiratet bin und zwei Kinder habe. Der Mann, mit dem ich unter einem Dach wohne und mit dem ich im selben Bett schlafe.
Reiß dich zusammen!, raune ich mir selbst zu.
„Lass ihn reinkommen.", höre ich mich sagen.
Micha sieht mich zweifelnd an. „Das halte ich für keine gute Idee."
Doch ich lasse mich nicht beirren. „Was soll ich denn tun? Denkst du, indem du ihn jetzt wegschickst, ist das Problem gelöst? Ich bin mit diesem Mann *verheiratet*. Und uns war doch von Anfang an bewusst, dass diese Situation irgendwann eintreten könnte. Wir haben oft darüber geredet. Jetzt ist das, wovor wir uns immer

gefürchtet haben, eingetroffen." Ich schließe die Augen. „Es gibt kein Zurück mehr. Ich muss mich dem stellen."
„Kate, du zitterst und bist ganz blass. Warte doch, bis du Zuhause bist, um mit deinem Mann zu sprechen.", versucht Micha mich umzustimmen. Ihm ist das Ganze genauso unangenehm wie mir.
Vor einer Minute haben wir noch auf dem Sofa gesessen und wie zwei Jugendliche wild herumgeknutscht. Und jetzt haben wir beide eine Scheißangst. Angst davor, was passieren wird.

Ich fasse nach Michaels Hand. „Lass ihn rein, bitte."
Er gibt nach. „Okay. Aber ich dulde keine lauten Stimmen und Diskussionen in meiner Wohnung. Damit das klar ist." Micha dreht sich mit einem Ruck um und läuft schnurstracks auf die Haustür zu. Mir fällt ein, dass die beiden sich schon ein paar Mal begegnet sind auf unseren Firmenfeiern. Ich atme tief ein und aus, um mich zu beruhigen. Es ist an der Zeit Verantwortung zu übernehmen. Verantwortung für das, was ich getan habe.

„Komm rein!", sagt Michael kurz angebunden.
Ich wage es kaum, den Blick zu heben. Schließlich überkommt mich die Neugier und starre ich doch zur Haustür herüber. Obwohl ich ihn erwartet habe, versetzt mir sein Anblick einen Schreck. Während Jürgen langsam auf mich zuschreitet, versuche ich seinen Gesichtsausdruck zu deuten. Das ist gar nicht so einfach. Denn, wenn es jemanden gibt, der keine Gefühle zeigen kann, dann ist das mein Ehemann. Jürgen hat ein Pokerface. In den sechzehn Jahre Ehe habe ich ihn nur selten heftige Emotionen zeigen sehen: Als seine Schwester tödlich verunglückte, bei den Geburten unserer beiden Söhne und als ihm der Titel „Professor"

erteilt wurde. Jürgen hat jahrelang sehr hart für diesen Titel gearbeitet. Ich weiß, wie viele Opfer er für seine Karriere bringen musste. Ich hatte alles aus erster Hand mitbekommen.

Schlagartig werde ich traurig und wütend zugleich. Wütend auf mich, wegen dem, was ich ihm angetan habe. Und traurig, da er mir leidtut. Niemand wünscht sich, in diesem Moment in seiner Haut zu stecken.
Langsam laufe ich um das Sofa herum, um mich vor Jürgen zu stellen. Mir wird plötzlich bewusst, dass ich barfuß bin und außer dem Wollpullover nichts anhabe. Der Pullover geht zwar über meine Hüfte. Dennoch ärgert es mich in diesem Moment sehr, dass ich so leicht bekleidet bin. HURE! EHEBRECHERIN!

„Hallo Jürgen." Ich versuche, meine Stimme ruhig und normal klingen zu lassen. Wir stehen uns von Angesicht zu Angesicht gegenüber.
Wenn die Situation nicht so schrecklich wäre, hätte sie etwas von einer Komödie. Mein Ehemann trifft mich bei meinem Liebhaber Zuhause an und will mit mir „quatschen".
Ich versuche abzuschätzen, wie Jürgen reagieren wird. Er ist nach außen hin der stille und introvertierte Typ. Aber ich habe ihn auch in Situationen erlebt, in denen er ausgerastet ist, wie ein Löwe herumgebrüllt und mit Sachen um sich geworfen hat. Er kann durchaus zu einer Furie werden, wenn sein Geduldsfaden reißt.

Er sieht mir intensiv in die Augen. Sofort muss ich den Blick abwenden. Ich ertrage das nicht. Wenn Blicke töten könnten, dann wäre ich bestimmt tot umgefallen. Ich fühle mich wie eine Verbrecherin, die dem Richter vorgeführt wird.

Michael steht schweigend, mit verschränkten Armen vor der Brust, einige Meter entfernt und beobachtet uns. Er versucht, sich aus unserem Gespräch herauszuhalten. Ich weiß, wie schwer ihm das fällt und rechne es ihm hoch an.

Wir haben während unserer viermonatigen Beziehung mehrmals über die Situation geredet. Und ich habe Micha klargemacht, dass ich ihn, so gut es geht, heraushalten möchte. Schließlich ist er weder fremdgegangen noch hat er etwas Verbotenes getan. *Ich bin diejenige, die betrügt.* Ich habe nicht nur meinen Mann betrogen, sondern meine ganze Familie. Und jetzt muss ich dafür geradestehen.

„Ich … es tut mir leid. Wirklich! … ich …", stammle ich verzweifelt, da ich das Schweigen nicht mehr ertrage.

„Oh bitte! Spar dir den Schmu!", unterbricht mich Jürgen barsch. „Wie lange geht das schon?"

Ich wechsle einen kurzen Blick mit Micha.

„Etwa vier Monate."

„Vier Monate.", wiederholt Jürgen langsam. „Also seit vier Monaten spielst du uns allen etwas vor. Du tust so, als ob du arbeiten gehst, dabei fickst du *den* da." Er zeigt mit dem Finger auf Micha und erhebt gleichzeitig seine Stimme. „Und abends kommst du dann nach Hause und erzählst uns, wie hart dein Tag war und dass du Überstunden machen musstest. Hältst du uns alle wirklich für so blöd? Mich und die Kinder?"

Meine Hände zittern während er spricht. Noch nie habe ich Jürgen das Wort „ficken" in den Mund nehmen hören. Es passt nicht zu ihm, mit solchen Ausdrücken um sich zu werfen. Meine Knie werden weich und ich greife nach dem Sofa, um mich anzulehnen.

„Ich ... ich war arbeiten. Wirklich. So ist das nicht." Meine Stimme klingt erbärmlich. Zittrig, leise und voller Schuld. Es ist die Stimme einer Ehebrecherin.
„Ach, halt den Mund, du verdammte Heuchlerin! Während ich von der *Arbeit* nach Hause komme, und die Hausaufgaben der Kinder kontrolliere und Vokabeln abfrage, liegst du hier mit einem anderen Mann im Bett. Weißt du, was du den Kindern damit antust? Oder sind sie dir scheißegal? Du bist Mutter, verdammt nochmal!"
Ich lasse mich schwerer gegen das Sofa sinken. Lange halte ich dieses Gespräch nicht mehr aus. Seine Worte zermürben mich innerlich. Aus den Augenwinkeln beobachte ich, wie Micha sich auf die Lippen beißt. Er ist kurz davor, sich in unser Gespräch einzumischen. Es war wohl doch keine gute Idee, Jürgen in Michas Wohnung hereinzulassen.
„Jürgen, bitte lass uns nach Hause gehen.", bettle ich verzweifelt. „Wir können über alles reden. Aber nicht hier."
Er sieht mich an, als ob ich das Erbärmlichste auf der Welt wäre. In seinem Blick liegt pure Verachtung.
„*Das* hier ist jetzt dein Zuhause. Du hast dich entschieden, Schlampe."
„Hey, nenn sie nicht so!", faucht Micha plötzlich.
Die Situation wird gleich eskalieren, wenn ich nichts unternehme. Ich muss Jürgen dazu bringen, Michas Wohnung zu verlassen. Vor meinem geistigen Auge sehe ich bereits, wie die beiden sich an den Kragen gehen.
„Ich nenne sie, wie ich will.", bellt Jürgen zurück. „Sie ist meine Frau. Und du bist nur Abschaum."
Michael tritt auf ihn zu. Da erwache ich aus meiner Versteinerung und stelle ich mich, ohne zu überlegen, zwischen die beiden Männer.
„Hört auf. HÖRT SOFORT AUF!" Ich wende mich an

Jürgen. „Lass uns jetzt gehen! Zuhause können wir über alles reden."

Doch es ist, als ob ich unsichtbar wäre. Micha und Jürgen stehen sich in einem halben Meter Abstand gegenüber und blitzen sich feindselig an.

„Du wusstest doch, dass sie verheiratet ist", beginnt Jürgen.

„Ja, ich wusste es. Aber ich habe sie zu nichts gezwungen. Das Problem liegt bei dir. Du kannst deiner Frau nicht das geben, was sie braucht. Sonst würde sie nicht zu mir kommen."

Michaels Augen funkeln. Es ist offensichtlich, dass er sich Jürgen überlegen fühlt.

„Du verdammtes Stück Scheiße!", brüllt Jürgen und versetzt Michael einen Stoß.

„HÖRT AUF! Alle beide! Sofort!", schreie ich. Ich muss die Lawine stoppen, die immer mehr ins Rollen gerät. Jürgen lässt sich normalerweise von Fremden nicht so schnell provozieren. Doch das hier ist etwas anderes. Er fühlt sich in seiner Ehre als Mann gekränkt. Micha hat ihn dort getroffen, wo es am meisten weh tut.

„Michael!" Ich stelle mich vor ihn und funkle ihn wütend an. „Hol mir meinen Mantel und die Handtasche!"

Dann wende ich mich Jürgen zu. „Wir gehen! Warte im Auto auf mich, ich komme gleich."

„Du hast doch gehört, wie er über dich denkt." Er sieht mich verständnislos an. „Warum lässt du dir das gefallen?"

„Jürgen, warte bitte draußen auf mich. Ich komme sofort. Dann fahren wir nach Hause und reden in aller Ruhe. Bitte!" Ich zögere. „Tu das für Lukas und Cédric. Lass dich von ihm", ich nicke Richtung Michael. „nicht provozieren." Ich sehe ihn mit all meiner Überzeugungskraft an. Schließlich erkenne ich an Jürgens Blick, dass er nachgibt.

„Okay. Ich warte draußen. Aber ich tu das nicht für dich, sondern für die Kinder."
Als er sich zum Gehen wendet, erinnert er mich an einen geschlagenen Hund. Er tut mir leid. Ich hatte nie gewollt, dass es so kommt.
Da dreht sich Jürgen auf einmal um. „Ich warte aber nur eine Minute. Dann fahre ich."
Ich nicke. Doch das bekommt er schon nicht mehr mit, da er bereits die Haustür öffnet. Sofort weht eisige Kälte ins Zimmer. Ich schlinge die Arme um mich. Jetzt, wo ich die Situation entschärft und eine Eskalation vermieden habe, fällt mir auf, wie kalt mir eigentlich ist.
„Du frierst ja.", stellt Michael besorgt fest. Seinen aufmerksamen Augen entgeht nichts. Vor allem wenn es um mich geht. Doch diesmal wickelt er mich mit seiner charmanten Art nicht um den Finger. Seine Worte hallen in meinen Gedanken nach: *Du kannst ihr nicht das geben, was sie braucht. Sonst würde sie nicht zu mir kommen.*
„Hol mir einfach meinen Mantel und meine Handtasche, okay?", erwidere ich trocken. Während Michael zur Garderobe läuft, um meine Sachen zu holen, greife ich hastig nach meiner Jeans. Ich habe die Angewohnheit sie auszuziehen, wenn ich bei Michael bin. Zum einen ist das bequemer, wenn man auf dem Sofa sitzt. Zum anderen ist es durch den Kamin auch so schon warm genug. Außerdem kann Michael dann meine Beine streicheln und es geht schneller, wenn wir übereinander herfallen...
Ich schlüpfe in meine Jeans und schließe den Reißverschluss, als er mir meinen Mantel hinhält. „Hier."
„Danke." Ich vermeide den Augenkontakt mit ihm.
„Hey, es tut mir leid." Seine Stimme klingt versöhnlich.
Langsam hebe ich den Kopf. „Was tut dir leid?"
„Was ich vorhin gesagt habe. Du weißt, dass das nicht so gemeint war."

„Ach ja?" Ich blitze ihn wütend an. „Wen wolltest du damit eigentlich verletzen? Mich oder meinen Mann?"
Da legt Micha seine Hand auf meine Schulter. „Ich würde dich nie verletzen wollen. Ich war nur so sauer in dem Moment. Er taucht hier plötzlich auf und nennt dich ‚Schlampe'..."
„Und du bist besser als er? Was sollte das mit dem ‚sonst würde sie nicht zu mir kommen'?"
„Es tut mir leid, wirklich." Micha sieht mich niedergeschlagen an. „Ich liebe dich, Kate. Und ich hatte einfach das Gefühl, dass ich dich beschützen muss. Niemand darf dich ‚Schlampe' nennen und schon gar nicht in meiner Wohnung."
„Schon gut." Mein Ärger verfliegt. Ich greife nach Michas Hand „Ich habe Angst.", flüstere ich.

„Ich habe auch Angst um dich. Ehrlich gesagt, gibt es mir ein echt mieses Gefühl, dich nach draußen gehen zu lassen. Zu *ihm*. Er wird alles an dir auslassen. Seine Wut, seine Enttäuschung - einfach alles." Er schlingt seine Arme um meinen Hals und zieht mich an sich. Wir umarmen uns verzweifelt.

„Verdammt! Ich hätte es ihm ja irgendwann selbst erzählt. Ich habe einfach nur etwas Zeit gebraucht, um mir über manches klarer zu werden. Nie hätte ich gedacht, dass er hier aufkreuzen würde. Niemals! Das war der Schock meines Lebens, Micha."

„Ich weiß, Liebes." Dann sieht er mich ernst an. „Wenn es irgendetwas gibt, was ich für dich tun kann, gib mir bitte Bescheid."
Ich nicke. Wir küssen uns ein letztes Mal. Mein Herz pocht, als ich mich der Haustür nähere.
„Schreib mir, wie es gelaufen ist."
Ich drehe mich zu Micha um. „Mach ich, versprochen. Ich

liebe dich!"

„Ich liebe dich noch mehr."

Dann gebe ich mir einen Ruck und öffne die Tür. Jürgens Auto parkt nur wenige Meter vom Haus entfernt. Das kalte Licht der Straßenlaterne scheint auf die Windschutzscheibe. Ich kann erkennen, dass Jürgen uns anstarrt. Mir bleibt das Herz stocken. Einen Moment lang zögere ich, zu ihm zu gehen. Doch die eisige Kälte draußen lässt mir keine Zeit zum Zweifeln. Mit schnellen Schritten laufe ich auf den dunkelroten BMW zu. Der Boden ist an manchen Stellen eisglatt, sodass ich fast zwei Mal auf der kurzen Strecke ausrutsche.

Als ich endlich im Auto sitze, bibbere ich vor Kälte.

„Na, habt ihr euch noch abgesprochen, welche Lügen du mir gleich auftischen wirst?", fragt Jürgen. Er ist in provokativer Stimmung.

Ich beschließe, nicht darauf einzugehen und richte meinen Blick starr geradeaus. Er startet schließlich den Wagen und wir fahren los.

Als mein Blick in den Rückspiegel fällt, bemerke ich, dass Micha vor der Haustür steht und uns hinterherschaut.

2. Kapitel

Wir schweigen beide, während wir die Landstraße entlangfahren. Als ich einen Blick aus dem Seitenfenster werfe, erschrecke ich. Alles ist schwarz. Es scheint, als ob die Dunkelheit uns umhüllen und von der Außenwelt isolieren würde. Weit und breit ist kein anderes Auto zu sehen. Nur das leise Brummen des Motors ist zu hören.

Ich komme mir wie ein Fremdkörper im Jürgens Auto vor. Mir ist bitterkalt. Doch ich wage es nicht, die Heizung im Auto höher zu stellen oder meinen Mann darum zu bitten. Kerzengerade sitze ich auf der Beifahrerseite und starre aus dem Fenster. In Gedanken bete ich, dass wir so schnell wie möglich Zuhause ankommen. Hier draußen, wo alles pechschwarz ist und niemand weit und breit zu sehen ist, beschleicht mich ein mulmiges Gefühl.

Plötzlich fährt Jürgen an die Straßenseite und hält an. Ich spüre, wie mein Herz laut pocht. Unwillkürlich fallen mir unzählige Geschichten ein. Geschichten von Frauen, die von ihren Ehemännern ermordet wurden. Sie sind wahr. Ängstlich werfe ich einen Seitenblick auf Jürgen. Würde ich ihm einen Mord zutrauen? Doch dann schlage ich mir diesen Gedanken sofort aus dem Kopf. Hör auf, so einen Blödsinn zu denken!, ermahne ich mich selbst.

„Du wolltest reden? Dann sprich endlich!", unterbricht mein Mann meine Gedanken.
Kleine Rauchwolken kommen aus seinem Mund, während er spricht. Es schneit ununterbrochen. Ich beobachte, wie kleine Schneeflocken auf die Windschutzscheibe rieseln, um sofort von den Scheibenwischern vernichtet zu werden.

Das Ganze hat etwas von einem schlechten Film. Nur ist das hier kein Film, sondern mein Leben. Was soll ich tun? Soll ich wirklich *hier* mit Jürgen über meine Affäre sprechen?

„Jürgen." Ich versuche, meine Stimme ruhig klingen zu lassen. „Lass uns bitte nach Hause fahren. Dort können wir in Ruhe reden. Mir ist kalt und außerdem ..."

„Oh nein!", faucht er. „Ich fahre nicht, bis du mir nicht alles erzählt hast. Und selbst wenn wir die ganze Nacht im Auto verbringen müssen."

Durch das spärliche Licht im Auto wirkt sein Gesicht geradezu maskenhaft. Er meint es ernst. Jürgen wird nicht fahren, bis er alles über meine Affäre weiß. Ich seufze innerlich. Verdammt! Michas Gesicht taucht auf einmal vor meinem geistigen Auge auf. Das Funkeln in seinen Augen, sein Lächeln, seine Stimme, die kleinen Aufmerksamkeiten, die er mir entgegenbringt ... All das hat sich tief in mein Gedächtnis eingebrannt. Ich kann mir mein Leben ohne ihn nicht mehr vorstellen. Am Anfang habe ich unsere Affäre als ein kleines Abenteuer betrachtet. Doch jetzt ist viel mehr. Ich liebe Micha. Und er liebt mich.

Wenn es nur darum gehen würde, mich für einen der beiden Männer zu entscheiden, hätte ich ganz klar Micha gewählt. Doch so einfach ist das nicht. Ich habe ein Ehegelübde abgelegt. Außerdem habe ich mit Jürgen zwei Kinder, die ich über alles liebe. Verzweifelt schlage ich die Hände vors Gesicht. Mein Leben ist ein einziges Chaos!

„Jetzt rede endlich!", bellt Jürgen.

Ich hebe den Blick.

„Was willst du wissen?"

„Liebst du ihn?"

Die Frage kommt wie aus der Pistole geschossen. Ich

zögere. Doch dann beschließe ich, ehrlich zu sein.

„Ja."

Jürgen verzieht keine Miene. Das ist typisch für ihn. Er ist wie immer kalt. Ich wundere mich, was ich mal an diesem Mann gefunden habe. Warum habe ich ihn überhaupt geheiratet?

„Er ist doch dein Arbeitskollege. Was sagen dein Chef und die anderen Kollegen dazu? Wissen sie über euch Bescheid?" Jürgen sieht mich verachtend an. „Wissen sie alle, dass du eine *Ehebrecherin* bist?"

Die Art und Weise, wie er das fragt, bringt mich zum Glühen. Dennoch bleibe ich ruhig. Es würde nichts bringen, wenn wir hier, umgeben von Dunkelheit und Kälte, einen heftigen Streit beginnen würden.

„Die anderen wissen nichts von uns. Micha und ich sind da sehr vorsichtig."

„Ach, und was ist mit verliebte Blicke zuwerfen? Oder einen Quickie auf der Toilette?"

„Hör auf mit dem Blödsinn!" Ich blicke Jürgen wütend an. „Es gab keinen Quickie an unserem Arbeitsplatz."

Dann nehme ich all meinen Mut zusammen.

„Du kannst mich ruhig verurteilen für meine Affäre. Ich weiß, dass das falsch ist. Als verheiratete Frau soll man sich nicht auf andere Männer einlassen. Aber weißt du, wer mich dazu gebracht hat, das zu tun?" Ich warte seine Antwort gar nicht erst ab. „Du! Du hast mich dazu gebracht."

„Ach, wie das denn? Habe ich mich etwa nicht gut um dich und die Kinder gekümmert? Habe ich uns kein großes, tolles Haus gekauft, wie du es wolltest? Und was ist mit dem Auto, das du unbedingt haben wolltest? Habe ich ihn dir nicht gekauft? War das alles nicht genug? Wolltest du mehr?" Jürgens Augen funkeln im schwachen Schein des Autos.

„Weißt du, genau darum geht's. Bei dir dreht sich alles nur um die materiellen Dinge im Leben. Doch mein Lieber, es gibt auch all die anderen Sachen im Leben. Dinge, die man sich *nicht* mit Geld kaufen kann."
Ich spüre, wie Wut in mir hochkocht. Wut, die sich im Laufe der letzten Ehejahre angestaut hat. Wut über all die Sachen, die schweigend ertragen und schlucken musste. Wut darüber, dass ich meinem Mann nicht erklären konnte, dass mir die einfachsten Dinge im Leben fehlen.
Und ehrlich gesagt zweifle ich, ob er das jemals begreifen wird. Jürgen ist so festgefahren in seinen Ansichten, dass es schwierig ist, ihm etwas anderes beizubringen.
„Und all diese immateriellen Dinge bekommst du, wenn du deinen Arbeitskollegen vögelst? Ich kann dir jetzt schon sagen, wie das ausgehen wird.", erwidert Jürgen altklug. „Er wird dich vielleicht noch eine Zeitlang bumsen. Dann wird er dich fallen lassen wie eine heiße Kartoffel. Und das werden auch die anderen Kollegen mitbekommen - wenn sie es nicht schon längst wissen. Du wirst das Gespött der Leute. Überall, wo du hinsiehst, wird über dich getuschelt und ..."
„Hör auf! Hör mit dem Schwachsinn auf!", unterbreche ich ihn hitzig.
Ich hole tief Luft.
„Jürgen, vergiss doch mal meinen Arbeitsplatz und die anderen. Es geht hier nicht um Michael oder meine Kollegen. Es geht um *uns*. Ich würde dich gerne etwas fragen. Versprich mir, die Frage ernst zu nehmen und ehrlich zu sein, okay?"
Jürgen verzieht keine Miene. Ich weiß nicht mal, ob ihn das interessiert. Doch ich muss es versuchen. Ich muss versuchen, ihm zu erklären, was ich meine. Es geht hier um meine verdammte Ehe.

„Stell dir vor, in deinem Leben wäre alles anders gekommen und du hättest nicht das erreicht, was du erreichen wolltest. Beispielsweise wärst du erkrankt und deine Karriere wäre dahin gewesen. Was hättest du ohne deinen Erfolg und dein Ansehen bei den Kollegen über dich selbst gedacht? Wärst du trotzdem stolz auf dich gewesen?"

„Die Frage ist nicht relevant, da ich schon erfolgreich bin indem was ich tue. Und was hat das mit uns zu tun?"

„Gut, dann sag ich dir eben, was du gedacht hättest. Du hättest gar nicht gewusst, wohin mit dir. Vermutlich wärst du einfach von der Klippe gesprungen, um dein Leben zu beenden. Denn, dein Lebensinhalt *ist* es, Erfolg zu haben als Mathematiker. Du kennst keinen anderen Lebensweg. Wenn man dir verbieten würde als Wissenschaftler zu arbeiten, wüsstest du gar nicht, was du noch tun solltest. Du wüsstest nicht mal, wer du als *Mensch* du wärst, da du dich nur über deine Arbeit und deinen Erfolg identifizierst. Du bist, was du leistest. Dein Leben ist es nur noch zu arbeiten und zu forschen, forschen, forschen. Du willst wissen, ‚was die Welt im Innersten zusammenhält'. Ich habe deinen Ehrgeiz immer bewundert. Doch langsam denke ich, dass er dir eines Tages den Nacken brechen wird. Denn, irgendwann kommt der Punkt, wo es nicht mehr weitergeht. Du bist auch nur ein Mensch. Versuch dein Leben so zu genießen, wie es ist. Genieße dein Leben mit *uns*, deiner Familie. Viel zu oft bist du gar nicht bei uns. Und wenn du mal bei uns bist, bist du mit den Gedanken immer bei deinen Forschungen. Irgendwie bist du immer abwesend. Die Kinder und ich, wir vermissen dich. Wir vermissen dich als Mensch und nicht als den erfolgreichen Wissenschaftler. Sei glücklich darüber, eine Familie zu haben und verbringe mehr Zeit mit uns."

Ich sehe ihn verzweifelt an. „Bitte! Wenn wir unsere Ehe retten wollen, müssen wir beide daran arbeiten."
Jürgen schweigt. Ich kann ihm ansehen, dass er sich meine Worte durch den Kopf gehen lässt.
„Ist das nicht normal, viel Zeit in seine Arbeit zu investieren?", beginnt er nachdenklich. Ich spüre, wie sich mir der Magen umdreht.
„Und was das mit dem ‚Leben genießen' angeht, ist es nun mal so, dass ich Spaß an meiner Arbeit habe. Ich sehe das als ein Privileg, eine Arbeit zu haben, die mich glücklich macht." Plötzlich verhärtet sich sein Blick. „Die Kinder haben sich noch nie darüber beschwert, dass ich zu wenig für sie da wäre."
„Sie sagen zwar nichts. Doch ich spüre es."
„Catherine." Jürgen sieht mich argwöhnisch an. „Ich glaube, dass du nur nach einem Grund suchst, deine Affäre zu rechtfertigen. Und weil du dir deine Fehler nicht eingestehen kannst, suchst du den Fehler bei mir. Ich habe dich angeblich dazu gebracht, mit anderen Männern zu schlafen. Rede dir das ruhig weiter ein, wenn es deinen Gewissen beruhigt."
Ich schüttle verzweifelt den Kopf. Nein! Nein! Nein!
„Und was dein Vorschlag, an unserer Ehe zu arbeiten, angeht ...", fährt er fort. „Da gehst du doch mit gutem Beispiel voran. Wirklich." Seine Stimme strotzt vor Zynismus. „Also erzähl mir nichts!"
Ich breche innerlich in mich zusammen. Meine ganze Hoffnung, ihn überreden zu können, sein Leben zu verändern und dass wir gemeinsam an einem Strang ziehen, bricht in tausend Teile. Ich bin den Tränen nahe.
„Nein, so ist das nicht! Ich weiß, dass ich Fehler gemacht habe. Und ich verspreche, dass ich die Affäre mit Micha beende, *wenn* du mich ernst nimmst und mir entgegenkommst. Bitte tu nicht alles, was ich dir sage,

ab. Versuche, zu verstehen, was ich will."
Jürgen richtet den Blick aus der Windschutzscheibe. Mit undurchdringlicher Miene starrt er irgendwo in die Ferne. Als er mich wieder ansieht, erkenne ich die Müdigkeit in seinen Augen.
„Ich vertraue dir nicht mehr. Ehrlich gesagt frage ich mich, ob das deine erste Affäre ist oder ob du mich schon seit Jahren hintergehst. Und ich frage mich auch, ob alles, was aus deinem Mund kommt, nur *seine* Worte sind. Vielleicht hat er dir eine Gehirnwäsche verpasst. Ich wüsste nicht, was ich verändern sollte, um es dir noch recht zu machen."
„Okay."
Ich versuche, mich zusammenzureißen. Ich schließe die Augen und denke an all die Bedürfnisse und Wünsche, die ich in den letzten Jahren im Keim ersticken musste.
„Weißt du, ich hätte mir gewünscht, dass du an meinem Geburtstag Zuhause bleibst. Die letzten zwei Jahre habe ich meinen Geburtstag alleine mit den Kindern verbracht, da du auf Dienstreise warst. Ich wünsche mir, dass du mir mehr Aufmerksamkeit schenkst. Obwohl ich seit so vielen Jahren mit dir verheiratet bin, weiß ich nicht, welche Kleidung du an mir magst. Ich weiß nicht, welche meiner Frisuren und welches Make-up dir gefallen und ob du sie überhaupt wahrnimmst. Lass uns doch mal zusammen shoppen gehen und sag mir, welche Sachen du an mir gut findest. Das haben wir schon ewig nicht mehr gemacht. Manchmal habe ich das Gefühl, du nimmst mich gar nicht als Frau wahr. Ich bin für dich selbstverständlich geworden. Dabei würde ich mich schon über einen Blumenstrauß freuen. Ich erwarte keine teuren und großen Geschenke von dir, Jürgen. Alles was ich will, ist mehr Liebe in unserer Ehe. Es geht vor allem um die kleinen Dinge im Leben, die aber letztendlich viel

ausmachen."

Die Wörter sprudeln nur so aus meinem Mund heraus. Ich spüre, wie mir eine Träne über das Gesicht rollt.

„Ich will, dass du mich ansiehst und erkennst, wenn mir kalt ist."

Ich höre auf zu sprechen. Es gibt noch vieles, was ich sagen möchte. Doch ich will Jürgen nicht verschrecken. Langsam hebe ich den Kopf und schaue ihm prüfend in die Augen. Ich kann ihm ansehen, dass er meine Worte in Gedanken abwägt. Da strecke ich die Hand aus und halte sie ihm hin. Vorsichtig ergreift er sie. Es ist ein Friedensangebot. Ein verzweifelter Versuch, unsere Ehe zu retten.

„Ich kann dir nichts versprechen, denn du bist sehr weit gegangen.", beginnt Jürgen nachdenklich. „Das ist ein ganz mieser Zeitpunkt. Ich meine, du stellst mir die ganzen Forderungen ausgerechnet *jetzt*, nachdem ich dich bei deinem Liebhaber aufgegriffen habe."

Er sieht mir so intensiv in die Augen, dass ich den Blick abwenden muss. Auf einmal komme ich mir sehr verloren vor. Wo ist mein Platz in dieser Welt? An der Seite von Jürgen? Kann ich irgendwann wieder mit ihm glücklich werden? Ich weiß es nicht. Doch ich bin es meinen Kindern schuldig, unserer Ehe eine zweite Chance zu geben.

Eine Weile schweigen wir beide. Währenddessen wischen die Scheibenwischer vom Auto unermüdlich den Schnee vom Fenster. Draußen herrscht immer noch eine unheimliche Dunkelheit. Es kommt mir so vor, als ob die Zeit stehen geblieben wäre. Unwillkürlich muss ich an Micha denken. Bestimmt macht er sich Sorgen um mich. Ich nehme mir vor, ihm zu schreiben, sobald wir daheim angekommen sind. Ein wenig beschämt stelle ich fest, dass allein schon der Gedanke an Micha die Sehnsucht in

mir weckt. Ich wünschte, er wäre bei mir …
Ich werfe prüfend einen Seitenblick auf Jürgen. Er scheint völlig versunken zu sein in seiner Gedankenwelt.
„Komm, lass uns nach Hause fahren." Zögernd lege ich meine Hand auf seinen Arm. „Es ist schon spät. Die Kinder sind alleine Zuhause und fragen sich bestimmt, wo wir bleiben. Außerdem ist mir kalt."
Doch Jürgen scheint mich nicht zu hören.
„Hast du … hattest du auch noch andere Affären während unserer Ehe?"
Ich rolle mit den Augen. Wird er nie verstehen, wann gut ist?
„Nein! Können wir jetzt bitte nach Hause fahren?"
„Was wirst du tun?", fragt Jürgen etwas zögerlich. „Ich meine, du denkst doch nicht, dass du weiter mit mir verheiratet und Mutter sein kannst, während du gleichzeitig mit deinen Arbeitskollegen schläfst?"
Zum ersten Mal seit er mich mit meiner Affäre konfrontiert hat, sehe ich die Angst in seinen Augen. Angst, wie es weitergehen soll. Die ungewisse Zukunft.
„Du hast zugegeben, dass du ihn liebst. Auf der anderen Seite erwartest du aber, dass ich mehr Zeit mit dir und den Kindern verbringe, an deinem Geburtstag Zuhause bleibe und dass wir zusammen shoppen gehen. Das funktioniert so nicht. Wenn wir an unserer Ehe arbeiten wollen, musst du zuerst *ihn* loslassen." Dann sieht er mich mit großen Augen an. „Kannst du ihn loslassen … obwohl du ihn liebst?"
Bam! Er hat direkt ins Schwarze getroffen. Einen Moment lang bin ich völlig baff. Jede Sekunde, die vergeht, kommt mir vor wie eine Ewigkeit.
Aus seiner Frage kann ich schließen, dass er sicher gehen will, bevor er uns eine zweite Chance gibt. Er möchte eine Garantie. Die Garantie, dass ich Micha verlasse, damit es

wert ist, an unserer Ehe zu arbeiten.
Ich kann ihn nachvollziehen. Es ist nur verständlich, dass er mit sich selbst am Ringen ist. Einerseits vertraut mir Jürgen nicht mehr. Doch andererseits kann er mich auch nicht einfach loslassen. Denn, es steht viel auf dem Spiel: Sechzehn Ehejahre, zwei Kinder, das große Haus, gemeinsame Freunde und Bekannte, unser Ansehen und noch vieles mehr. Alles, worum wir uns jahrelang bemüht haben aufzubauen, wären mit einem Schlag weg, wenn wir uns trennen würden. Wir müssten dann beide unser Leben komplett neu orientieren.
Ich kann diese Angst deutlich in seinen Augen erkennen. Die Ungewissheit nagt an ihm. Es ist eine der wenigen Augenblicke in unserer Beziehung, in der ich ihn so verwundbar erlebe.

Ich halte seinem Blick fest stand.
„Jürgen, ich kann dir nicht sagen, wie die Zukunft aussehen wird. Vieles wird sich erst in den nächsten Wochen und Monaten ergeben."
Plötzlich haut er mit der Faust auf das Lenkrad seines Autos. Die Hupe ertönt und ich zucke erschrocken zusammen.
„Du weichst meiner Frage aus! Wenn du uns verlassen willst, um bei deinem Lover zu sein, dann tu es!", brüllt er. „Ich habe deine Spielchen satt, du verdammte Hure! Du willst, dass alle nach deiner Pfeife tanzen. Alles muss so laufen, wie du es willst. Doch selbst wenn ich dir die ganze Welt zu Füßen läge, wäre es dir nicht genug. Denn ich bin ja nicht Michael!"
Jürgen sieht mich hasserfüllt an. Er ist sichtlich verzweifelt. Die Situation überfordert ihn.

Aber auch ich habe es satt. Dieses jahrelange Auf und Ab

mit Jürgen zerrt an meinen Nerven.
Während unserer Ehe hatte ich oft das Gefühl, die Kinder alleine großzuziehen, da Jürgen meistens nur körperlich bei uns war. Mit den Gedanken war weit weg. Hinzu kam sein herablassendes und ignorantes Verhalten, wann immer wir uns gestritten hatten. Er behandelte mich dann wie Luft und stichelte in Anwesenheit der Kinder gegen mich. Fast immer war ich diejenige, die ihre verletzten Gefühle beiseiteschob und den Frieden suchte. Doch das schlimmste in der Ehe war Jürgens Abgestumpftheit und fehlendes Empathievermögen. Er verstand mich nicht. Er verstand nicht, wie ich mich fühlte, was ich von ihm wollte und vor allem begriff er nicht, wann es mir nicht gut ging.

Auch jetzt versteht Jürgen mich nicht. Es fühlt sich so an, als ob wir im Laufe der Jahre zu zwei Fremden geworden sind. Wir leben im selben Haus und schlafen auch im selben Bett, aber nicht aus Liebe. Viel mehr sind es unsere Kinder und die Gewohnheit, die uns noch zusammenhält.

Wenn ich so zurückdenke zum Anfang unserer Beziehung, dann versetzt es mir einen Stich. Denn, ich kann mich noch gut an die Zeiten erinnern, an denen Jürgen sich um mich bemüht hat. Damals war ich nicht selbstverständlich. Ab wann hat sich das geändert? War das ein schleichender Prozess, den ich erst in den letzten Monaten vermehrt verspürt habe? Ich weiß es nicht. Tatsache ist, dass, jedes Mal, wenn ich ihm die Chance gebe, dass wir gemeinsam an uns arbeiten, um unsere Ehe zu retten, er es vermasselt. Jede noch so winzige Hoffnung, dass ich mit Jürgen irgendwann wieder glücklich werden kann und wir zusammen alt werden, erstickt er selbst mit seinem Verhalten im Keim.

„Das ist schon das zweite Mal heute Abend." Ich erhebe meine Stimme. „Schon zum zweiten Mal beleidigst du mich. Ich sage dir, was mir in unserer Ehe fehlt und was ich mir von dir wünsche und du nennest mich ‚Hure'. Anstatt auf mich einzugehen und uns die Chance zu geben, gemeinsam an uns arbeiten, machst du alles nur schlimmer. Du weißt, dass du gerade dabei bist, mich für immer zu verlieren? Willst du wissen, was ich denke?"
Ich warte seine Antwort gar nicht erst ab.
„Ich denke, dass du so tief und so lange in deiner kleinen Mathematikwelt gefangen warst, dass es dir schwerfällt, die reale Welt zu verstehen. Du weißt nicht, wie du dich Menschen gegenüber verhalten sollst. Das ist mir schon oft aufgefallen. Wie ich vorhin schon sagte, du weißt gar nicht mehr, wer du als *Mensch* bist. Du hast dein Leben der Wissenschaft geopfert. Und genau *das* ist die Konsequenz. Jürgen, du hast keine Ahnung, wie du Menschen für dich gewinnen kannst. Und vor allem weißt du nicht, wie du deine Ehefrau für dich gewinnen kannst."
Jürgen holt Luft, um etwas zu erwidern. Doch ich lasse ihn gar nicht erst zu Wort kommen.
„Entweder fährst du jetzt nach Hause oder ich rufe Micha an und lasse mich von ihm abholen. Mir ist nämlich verdammt kalt hier im Auto. Und das sage ich dir bereits zum dritten Mal."
Ich sehe meinen Mann wütend an. Sein Mund ist leicht geöffnet. Gerade als ich denke, dass er nicht losfahren wird, startet er den Wagen. Innerlich atme ich erleichtert aus.

Wir schweigen beide auf dem Nachhauseweg. Inzwischen schneit es nicht mehr. Auf den Straßen liegt frischer

Schnee. Ich höre ihn unter der Last der Autoräder knirschen.
Wie wird es weiter gehen, jetzt wo Jürgen über meine Affäre Bescheid weiß?, frage ich mich besorgt. Da fällt mein Blick auf das Smartphone in meiner Handtasche. Das Blinken auf dem Display zeigt an, dass neue Nachrichten eingegangen sind. Ich werfe prüfend einen Seitenblick auf Jürgen, bevor ich nach dem Handy greife. Micha hat mir fünf Nachrichten geschickt und mich zwei Mal angerufen. Er muss verrückt sein vor Sorge. Ich zögere. Soll ich ihm jetzt zurückschreiben, um ihn zu beruhigen?
„Meine Eltern kommen uns am Weihnachten besuchen.", beginnt Jürgen unvermittelt. „Sie haben es mir vorhin mitgeteilt."
Ich blicke ihn von der Seite an. Seine Silhouette zeichnet sich vor dem faden Licht des Scheinwerfers ab.
„Sie bleiben ein paar Tage."
Ich schweige, weil ich nicht weiß, was ich darauf antworten soll. Nach dem tragischen Tod von Jürgens Schwester ist er das einzige Kind meiner Schwiegereltern. Ich weiß, wie stolz sie auf ihn sind. Es würde ihnen bestimmt das Herz brechen, wenn sie wüssten, wie es tatsächlich um unsere Ehe steht.
„Sie dürfen nichts von deiner Affäre und unseren Eheproblemen wissen.", fährt Jürgen fort. Ein Flehen liegt in seiner Stimme.
„Ich werde nichts sagen oder tun, was deine Eltern in Sorge versetzt. Versprochen!"
Er nickt. Ich spüre seine Traurigkeit.
Ohne zu überlegen lege ich meine Hand auf seine. Nach kurzem Zögern verschränkt er seine Finger mit meinen.

In diesem Moment sind wir ein ganz normales Ehepaar.

Ein Mann und eine Frau, die Hand in Hand, auf dem Weg nach Hause sind. So, als ob nichts zwischen uns vorgefallen wäre.

3. Kapitel

Alles begann während meines Studiums. Ich erinnere mich noch genau an dem Tag, an dem ich das erste Mal auf Jürgen traf. Meine Freundin, Hayet, und ich saßen im Gruppenarbeitsraum der Unibibliothek über unsere Mathehausaufgaben gebeugt. Wir studierten beide Lehramt im zweiten Semester und die Mathevorlesungen machten uns zu schaffen.

Hayet kam aus Tunesien und genau wie ich sprach sie fließend Französisch. Ich war froh darüber, eine Freundin zu haben, die meine Muttersprache sprach. Das verband uns sehr schnell.
Hayet hatte oft Heimweh. Sie stammte aus Gabès, einer Stadt an der Mittelmeerküste Tunesiens, über die sie viel erzählte. Meine Eltern hingegen kamen aus Frankreich. Meine Mutter, Julie, stammte aus dem Herzen Frankreichs, Paris, und mein Vater kam aus der Normandie. Ich selbst bin in Paris zur Welt gekommen. Als ich zehn Jahre alt war, beschlossen meine Eltern nach Deutschland auszuwandern, da mein Vater hier eine gute Arbeitsstelle gefunden hatte. Während er sich schnell in Deutschland einlebte, fiel Julie es schwer, sich an die neuen Lebensumstände zu gewöhnen. Ich erinnere mich, wie sie oft darüber klagte, Paris zu vermissen. Außerdem fiel ihr die deutsche Sprache schwer. Julie fühlte sich völlig fremd in Deutschland.
Zwei Mal im Monat reiste sie mit mir nach Paris, wo wir meine Großeltern besuchten. Wenn sie Hand in Hand mit mir durch die Stadt spazierte, hatte ich das Gefühl, dass Paris ihr gehören würde.
Doch nach und nach wurden die Trips zu meinen Großeltern immer seltener und Julie lernte, sich in

Deutschland einzuleben.

Meine Mutter und ich hatten immer eine ganz besondere Bindung. Als Kind wurde ich ständig mit ihr verglichen. Oft bekam ich zu hören, dass ich ihr wie aus dem Gesicht geschnitten sei: Grüne Augen, eine für unsere Familie typische Stupsnase, volle Lippen und hellbraune Haare. Im Laufe der Jahre stellten Julie und ich fest, dass wir uns nicht nur äußerlich ähnelten, sondern viele gemeinsame Interessen teilten. Wir liebten die Mode und das Leben, tratschten gerne und nahmen uns Zeit für die vermeintlich kleinen Dinge im Leben.
Mein Vater, Philippe, und Julie neckten sich oft. Doch ich wusste, dass sie sich über alles liebten. Philippe verehrte meine Mutter geradezu.
Geschwister hatte ich keine. Ehrlich gesagt war das auch gut so. Denn, so hatte ich *papa* und *maman* ganz für mich. Es gab nur uns drei: Philippe, Julie und Catherine.

Nach dem Abitur beschloss ich Mathe und Französisch auf Lehramt zu studieren. Während Französisch ein Kinderspiel für mich war, ließ Mathe mich verzweifeln. Obwohl Hayet und ich manchmal mehrere Stunden an den Aufgaben knobelten, konnten wir sie nicht lösen. Dann fingen wir an, uns über den Mathematikprofessor lustig zu machen und überlegten, den Studiengang zu wechseln.

An dem Tag, an dem ich Jürgen kennenlernte, saß ich auch mit Hayet in der Bibliothek.
Da sagte sie plötzlich: „Frag doch ihn, ob er uns mit den Matheaufgaben helfen kann."
Sie zeigte mit dem Finger auf einem Typen, der ein paar Tische weiter saß. Ich musterte ihn stirnrunzelnd. Er trug

ein kartiertes Hemd und war vertieft in seinen Unterlagen, die vor ihm auf dem Tisch lagen.

„Spinnst du, Hayet?", erwiderte ich. „Wie kommst du darauf?"

„Na, weil er Mathe studiert. Ich bin vorhin an seinem Tisch vorbeigelaufen. Du glaubst gar nicht, was er da für abgefahrenes, mathematisches Zeug vor sich hatte. Glaub mir, der ist voll gut darin."

Das überzeugte mich nicht ganz.

„Ich glaube nicht, dass er uns helfen wird. Er sieht eher so aus, als ob er in Ruhe gelassen werden will."

„*Mince alors!* Lass doch deine Charme spielen. Du bist verdammt gut darin, Leute von etwas zu überzeugen." Hayet hob die Brauen. „Oder willst du die nächsten Stunden noch weiter an den Hausaufgaben verbringen, um dann ohne …"

„Ist ja schon gut, ich frage ihn."

Obwohl ich fest davon überzeugt war, dass er mich sofort abwimmeln würde, lief ich zu ihm rüber. Er schien mich zuerst gar nicht zu bemerken.

„Hallo.", räusperte ich mich. Dabei kam ich mir echt dumm vor. Aus den Augenwinkeln beobachtete ich wie Hayet kicherte. „Meine Freundin und ich sitzen an einer Matheaufgabe und kommen nicht weiter. Könntest du uns kurz helfen?"

Während ich sprach, hob er etwas irritiert den Kopf und sah mich an. So schlecht sieht er gar nicht aus, schoss es mir plötzlich durch den Kopf. Nur das karierte Hemd stand ihm nicht. Das ließ ihn altmodisch aussehen.

„Kann ich machen. Worum geht's?"

Für einen Moment war ich so überrascht, dass er uns helfen wollte, dass ich auf dem Schlauch stand.

„Es geht um Basiswechsel und Darstellungsmatrizen. Wir blicken da echt nicht durch."

Er nickte. „Ich glaube, da weiß ich weiter."
„Oh super, danke! Wir sitzen da drüben."
Wir liefen zu Hayet und sie zeigte ihm die Aufgabe, an der wir saßen. Er wusste sofort, worum es ging und was zu tun war. An einem Beispiel erklärte er uns, wie wir die Darstellungsmatrix ausrechnen mussten. Doch ich bekam nur einen Teil seiner Erklärungen mit. Irgendwie schweiften meine Gedanken ständig ab. Ich hoffte, dass Hayet genau zuhörte und es mir gleich erklären konnte.
„Ich hoffe, ich konnte euch helfen.", sagte er schließlich, den Blick auf mich heftend.
Ich lächelte. „Klar, danke."
„Studierst du Mathe?", fragte Hayet neugierig.
„Ja."
Sie packte sich theatralisch an den Kopf. „Wie kann man *das* studieren?"
Er zuckte mit den Schultern.
„Wie heißt du?", hörte ich mich plötzlich fragen.
„Jürgen."
„Ich bin Kate und das ist Hayet.", stellte ich uns vor.
Jürgen nickte nur. Dann ging er zu seinem Platz zurück.

Damals hätte ich nie gedacht, dass er mal mein Leben verändern würde und wir heiraten würden. Wenn man mich zu jener Zeit gefragt hätte, wie ich mir meinen Traumprinz vorstelle, hätte ich geantwortet, dass er auf einem großen, weißen Pferd daher geritten kommen würde. Außerdem würde er der schönste Mann sein, dem ich jemals begegnet sei und unser Leben würde einem Märchen gleichen. So stellte mich mir damals die wahre Liebe vor.

Im Grunde genommen war es Hayet, die uns zusammenführte. Es passierte ein paar Tage nach der ersten Begegnung mit Jürgen in der Bibliothek. Hayet und ich saßen im Hörsaal und versuchten, der Vorlesung zu folgen. Da schob Hayet ein Stück Papier zu mir rüber. Eine Nummer war darauf gekritzelt.

„Was ist das?", fragte ich verwundert.

„Jürgens Nummer." Ihr Blick war fest auf die Tafel geheftet, während sie sprach.

„Wessen Nummer?" Ich hatte Jürgen schon vergessen.

„Jürgen. Na, diesem Mathematiker aus der Bibo."

„Ach der!", fiel es mir wieder ein. „Und was soll ich mit seiner Nummer?"

„Du kannst ihn wieder zu den Mathehausaufgaben befragen ... oder vielleicht fragst du nach einem Date.", zwinkerte Hayet.

Ich hörte auf, zu schreiben. „Wieso nach einem Date?"

„Jetzt tu doch nicht so." Sie schaute mich belustigt an.

„Denkst du, ich habe das nicht bemerkt in der Bibo? Er hat dich die ganze Zeit verstohlen angeschaut. Glaub mir, er mag dich. Und ich denke, dass ihr gut zusammenpassen würdet."

„Ach, und das hast du so für dich entschieden, dass Jürgen und ich zusammenpassen?"

„Du warst nicht abgeneigt. Außerdem willst du doch irgendwann wieder einen Freund haben."

Ich schaute zur Tafel und schrieb weiter. „Ja schon. Aber ich weiß nicht, ob er der Richtige für mich ist."

„Das weiß man vorher nie." Dann wurde Hayet etwas ernster. „Kate, er ist anständig, okay? Ich will ja nichts sagen, aber die Typen, die du dir immer aussuchst, sind meistens Arschlöcher und lassen dich dumm sitzen. Denk doch mal an deine letzte Beziehung. Du hast drei Tage lang geheult, weil du es nicht fassen konntest. Er hat dich von Anfang an nur verarscht und ..."

„Ist ja gut.", unterbrach ich sie. Ich konnte es nicht mehr

hören. Alles was ich wollte, war, meine letzte Beziehung für immer zu vergessen. Sie war ein einziger Alptraum.
Ich dachte über Hayets Worte nach. Sie hatte nicht ganz Unrecht. Ich pickte mir oft die Männer heraus, die mir nicht guttaten. Dann verliebte ich mich schnell in ihnen, nur um hinterher festzustellen, dass sie es nicht ernst mit mir gemeint hatten.

Jürgen war anders als die Jungs, die ich bisher immer gedatet hatte. Er war kein *bad boy*. Er kam - zumindest auf den ersten Blick - anständig und höflich rüber. Dennoch hatte ich Angst, mich auf ihn einzulassen. Meine letzte Beziehung war nicht mal einen Monat her. Ich wusste nicht, ob ich schon bereit war für etwas Neues.
„Versuch es doch.", riet Hayet. „Lass es langsam angehen. Und wenn er dir nicht gefällt oder es zu früh ist, dann lass es bleiben, okay?" Dann fügte sie eindringlich hinzu. „Und steig nicht sofort mit ihm in die Kiste. Lern Jürgen erst mal richtig kennen."
„Hey!", rief jemand plötzlich. Erschrocken fuhren Hayet und ich herum.
„Könnt ihr mal leise sein? Ich versteh nichts."
Der Typ saß im Hörsaal eine Reihe hinter uns und schaute griesgrämig.
„Ist ja gut. Jetzt heul nicht rum!", entgegnete Hayet. Wir blickten wieder nach vorne zur Tafel.

Zwei Tage später schrieb ich Jürgen das erste Mal an. Ich kam wieder mal mit den Mathehausaufgaben nicht weiter und hoffte, dass er mir damit helfen würde. Zwei Stunden später schrieb er zurück. Er war geduldig und nahm sich die Zeit, mir alles zu erklären. Jürgen half mir zu verstehen, was wir überhaupt in der Vorlesung machten. Dann erklärte ich Hayet die Aufgaben. Mit der

Zeit kamen wir beide mit den Mathehausaufgaben immer besser voran.

Irgendwann begann Hayet auf mich einzureden, Jürgen nach einem Date zu fragen. Ich zögerte zuerst. Die letzte Beziehung schmerzte immer noch. Doch irgendwann beschloss ich, mich von meiner Angst nicht weiter einnehmen zu lassen und den nächsten Schritt zu wagen. Als ich Jürgen wie nebenbei vorschlug, dass wir uns mal zu zweit treffen, war er ganz aus dem Häuschen. Unser erstes „Date" fand in der Cafeteria der Uni statt. Ich wusste, dass das alles andere als romantisch war. Doch ich wollte es langsam angehen. Außerdem war Jürgen schüchtern und wie es sich herausstellte, war ich sein erstes Date. Er hatte also keine Erfahrungen mit Mädchen.

So saßen wir mit je einem Kaffeebecher in der Hand verlegen nebeneinander in der Cafeteria. Zuerst schwiegen wir beide, weil wir nicht so recht wussten, was wir sagen sollten. Ich beobachtete die Leute, die an unserem Tisch vorbeigingen. Dann begann Jürgen, von sich selbst zu erzählen. Ich fand heraus, dass er drei Jahre älter war als ich und dass sein Studium schon in einem Jahr zu Ende sein würde.
„Was willst du danach machen?", fragte ich.
„Ich hatte vor, weiter an der Uni zu bleiben. Zuerst werde ich wissenschaftlicher Mitarbeiter und später promoviere ich."
Ich hob die Brauen hoch. „Wow! Respekt!"
„Und du?"
„Tja ...", zuckte ich mit den Schultern. „Ehrlich gesagt, überlegen Hayet und ich, ob wir uns das mit den Mathevorlesungen weiter antun wollen. Vielleicht

wechsle ich nächstes Semester meinen Studiengang."
„Ich helfe euch doch. Gib nicht so schnell auf, Kate."
Ich blickte ihn an. „Danke, das ist lieb von dir. Aber ich weiß nicht, ob Mathe wirklich das Richtige für mich ist. Vielleicht bin ich ja woanders besser aufgehoben."
„Was würdest du denn stattdessen studieren wollen?"
„Literaturwissenschaft mit Schwerpunkt auf französische Literatur."
Als Jürgen seinen Kaffeebecher abstellte, berührten sich unsere Finger leicht.
„Französische Literatur also?" Ein Lächeln erschien auf seinen Lippen. Mir fiel auf, dass sich kleine Grübchen bildeten, wenn er lächelte.
„Oui! Je viens de Paris."
Da mussten wir beide plötzlich lachen. Das Eis war gebrochen.
„Ich hatte Französisch in der Schule.", erzählte mir Jürgen. „Und ich habe es gehasst. Ich war einfach nicht gut darin."
„Tja.", zuckte ich mit den Schultern. „Ich denke, da hätte ich dir weiterhelfen können, wenn wir uns früher begegnet wären."
„Ja." Er wurde wieder ernster. „Du musst selbst entscheiden, was du machen willst. Aber wenn du weiter Mathe auf Lehramt studierst, helfe ich dir, so gut ich kann."
„Danke, das ist wirklich nett von dir."
Ich griff nach seiner Hand, um meine Worte zu unterstreichen. Jürgen wurde leicht rot. Ich musste unwillkürlich lächeln. Er war unheimlich süß!

Ich hatte schon drei Dates mit Jürgen, als Hayet anfing, mich auszufragen, was genau zwischen uns lief und was ich für ihn empfand.

„Und, wie findest du ihn?", fragte sie schmunzelnd. Wir hatten eine Freistunde und saßen auf der Wiese. Es war Ende Mai und die Sonne strahlte. Ich trug einen hautengen Top und hielt mein Gesicht in die Sonne.
„Ja, er ist ganz nett.", murmelte ich.
Doch damit gab sich Hayet nicht zufrieden.
„Jetzt erzähl schon. Wie oft habt ihr euch getroffen und was habt ihr gemacht?"
„Wir hatten drei Dates und ..."
„Hast du mit ihm geschlafen?", fragte sie mich geradeheraus.
„Hey, nicht so laut!"
Ich drehte mich peinlich berührt um. Doch niemand schien das gehört zu haben. Gott sei Dank! Dann nickte ich zögerlich. Das Blut schoss mir ins Gesicht und Hayet riss überrascht die Augen auf.
„Du wolltest doch damit warten, Kate. Nach allem, was du durchgemacht hast ..."
„Ich weiß, ich weiß." Ich atmete seufzend aus. „Es ist einfach passiert. Das war nicht mal geplant oder so. Außerdem ist Jürgen anders als die anderen Kerle, die ich bisher getroffen habe."
Eigentlich versuchte ich, mich selbst zu beruhigen. Dieses Mal würde es anders laufen. Jürgen würde mich nicht enttäuscht sitzen lassen. Doch Hayets skeptischer Blick war wie ein Dorn.
„Verdammt Kate! Wann hast du mit ihm geschlafen?"
„Das war bei unserem letzten Date. Wir hatten uns bei mir im Wohnheim getroffen, um Mathe zu machen ..."
„Und dann bist du einfach mit ihm in die Kiste gesprungen? Sag mal, merkst du noch was?"
„Ich sagte doch schon, dass es einfach passiert ist." Ich blickte Hayet ernst an. „Ich mag ihn und er empfindet auch etwas für mich. Glaub mir, Jürgen ist anders. Er

meint es ernst mit mir."

Sie zuckte mit den Schultern. „Hoffen wir mal, dass du Recht hast." Dann fügte sie etwas leiser hinzu: „Du tust doch eh das, was du willst."

„Hayet, hör auf damit. Es wird dieses Mal anders laufen."
Ich wusste, dass sie enttäuscht war von mir. Doch meiner Meinung nach, gab es keinen Grund zur Beunruhigung. Denn, obwohl ich Jürgen noch nicht so lange kannte, spürte ich, dass ich mich auf ihn verlassen konnte. Er war ein Gentleman. Außerdem gab er mir Halt. Den Halt, der mir in meinem Leben gefehlt hatte. Ich war froh, dass Hayet uns zusammengeführt hatte.

Als die Tage und Wochen vergingen und ich Jürgen immer besser kennenlernte, fühlte ich mich bestätigt in meiner Meinung über ihn. Er war rücksichtsvoll und achtete stets auf mich. Er wollte wissen, wie es mir ging, hörte mir aufmerksam zu, wenn ich etwas auf dem Herzen hatte und brachte mir manchmal kleine Geschenke. Außerdem erkundigte Jürgen sich, wie ich mit Mathe zurechtkam und ermutigte mich, an mich selbst zu glauben. Durch ihn wuchs mein Selbstbewusstsein und mein gebrochenes Herz heilte. All die schlimmen Erfahrungen, die ich zuvor mit Jungs gemacht hatte, rückten immer mehr in den Hintergrund. Was zählte war, dass Jürgen an meiner Seite war. Durch ihn fühlte ich mich sicherer im Leben.

Ich hatte Jürgen zur richtigen Zeit am richtigen Ort getroffen. Zumindest dachte ich das damals. Denn, nachdem ich wegen meinem Studium ausgezogen war, geriet mein Leben ins Chaos. Ständig zweifelte ich an allem und die neuen Umstände machten es nicht leichter. Ich war nicht sicher, ob ich das richtige studierte, tat mich schwer damit, neue Freunde zu finden und kam mir in der Uni vor wie ein Fremdkörper. Ich war völlig fehl am Platz.

Auch in der Wohngemeinschaft, in der ich wohnte, fühlte ich mich nicht wohl. Ich kannte meine Mitbewohnerin kaum und sie machte auch keine Anstalten, daran etwas zu ändern. Unsere Unterhaltungen begrenzten sich auf Smalltalk. So sehr ich mich auch bemühte aus meinem Zimmer im Studentenwohnheim ein richtiges Zuhause zu machen - es klappte einfach nicht. Ich kaufte Blumen, überzog die Wände mit Poster und stellte Fotos von meinen Eltern auf. Doch etwas fehlte: Das Gefühl von Geborgenheit und Sicherheit, das ich von meinem Elternhaus kannte. Ich vermisste mein Zuhause schrecklich. In mir war ein großes Loch. Eine Leere, die ich bis dahin noch nie gespürt hatte. Aber ich traute mich nicht, *papa* und *maman* davon zu erzählen. Es hätte sich angefühlt, als ob ich versagt hätte und ohne meine Eltern nicht zurechtkommen würde. So schwieg ich und versuchte, irgendwie alleine zurechtzukommen.

Doch mit Jürgen änderte sich alles. Er gab mir genau das, was in meinem Leben gefehlt hatte: Liebe, Sicherheit und Geborgenheit.
Jürgen stand mit den Füßen fest im Leben. Zumindest so fest, wie es für einen Studenten möglich war. Er war erfolgreich indem, was er tat und wusste, was er wollte. Schon bald würde Jürgen mit seinem Studium fertig sein und eine Stelle als wissenschaftlicher Mitarbeiter an der Uni annehmen. Ich beneidete ihn darum. Davon konnte ich nur träumen. Denn, ich war meilenweit davon entfernt, zu wissen, was ich wollte.

Nachdem wir schon drei Monate lang ein Paar waren, beschloss ich, Jürgen meinen Eltern vorzustellen. So schleppte ich ihn an einem Wochenende mit zu meiner Familie. Ich hatte nicht Bescheid gegeben, dass ich jemanden mitbringen würde und überraschte Philippe und Julie damit. Doch sie schienen sich beide über den unangekündigten Besuch zu freuen.

So saßen wir zu viert beim Abendessen. Bei der Vorspeise war es ziemlich ruhig, da niemand so recht wusste, was er sagen sollte. Ich saß neben Jürgen und konnte seine Verlegenheit regelrecht spüren. Er rutschte auf seinem Stuhl hin und her. Wir vermieden es, uns in die Augen zu sehen. Ich weiß nicht warum, aber sobald ich ihn ansah, musste ich daran denken, wie wir Sex gehabt hatten. Unwillkürlich tauchten dann Bilder vor meinem geistigen Auge auf, die mich puterrot anliefen ließen. Noch dazu hatte ich Angst, dass meine Eltern erraten konnten, woran ich dachte. Das wäre nicht auszudenken gewesen! Irgendwann holte mein Vater einen teuren Wein aus seiner Vorratskammer und schenkte Jürgen großzügig davon ein. Danach legte sich das Eis allmählich.
Ich erzählte meinen Eltern, dass wir schon seit drei Monaten ein Paar waren.
„Warum hast du uns nichts davon gesagt?", fragte Julie verwundert.
Ich warf einen Seitenblick auf Jürgen. „Wir wollten damit warten, bis … na ihr wisst schon, die Anfangsphase vorüber ist."
Dann begann Jürgen von sich zu erzählen. Julie und Philippe hörten aufmerksam zu. Sie stellten ihm Fragen über sein Studium und seine Familie. Mir war das irgendwie unangenehm. Doch Jürgen schien das nichts auszumachen. Er war stets höflich und beantwortete alle Fragen gewissenhaft. Als er sich dann nach dem Abendessen bei meiner Mutter für das leckere Essen

bedankte, gewann er meine Eltern endgültig für sich. Julie zwinkerte mir bedeutungsvoll zu. Ich lächelte zurück. Sie mochte meinen neuen Freund.

4. Kapitel

Ich bin bei Michael. Obwohl ich weiß, dass das falsch ist, hält mich das nicht davon ab, bei meinem Liebhaber zu sein. Ich kann nicht anders.

Zehn Tage lang habe ich versucht, Micha fernzubleiben. Wir haben uns nur bei der Arbeit gesehen. Zehn Tage, in denen wir so taten, als ob wir nur Kollegen wären und uns bloß über das blöde Projekt unterhielten. Zehn Tage gab es keine Umarmung, kein Küsschen, kein Händchenhalten, kein Kuscheln und keine lieben Worte. Stattdessen war ich Jürgens Stimmungsschwankungen und Wut ausgesetzt. Ich hasse es, nach der Arbeit nach Hause zu gehen, denn ich wusste, was mich daheim erwarten würde.
Dann hielt es nicht mehr aus. Die Distanz zu Micha schmerzte körperlich und seelisch.

Heute ist unser letzter Arbeitstag vor den Weihnachtsferien. Die Firma, für die Micha und ich arbeiten, bleibt über Weihnachten und Neujahr geschlossen.

Erleichtert schmiege ich mich nach Feierabend an Michael. Ich kann gar nicht beschreiben, wie sehr mich seine Nähe glücklich macht. Wir sitzen wieder auf dem Sofa im Wohnzimmer. Die Deckenlampe ist ausgeschaltet. Der Kamin und die unzähligen Duftkerzen erleuchten das Zimmer. Draußen tobt der Wind.

Micha streichelt meine nackten, angewinkelten Beine unter der Decke. Ich schließe die Augen und atme seinen Geruch ein. Doch etwas ist anders als sonst. Dieses Mal kann ich diesen glücklichen Moment nicht innerlich festhalten und verewigen. Und ich weiß auch, wieso. Es ist mein schlechtes Gewissen. Seit Jürgen über meine Affäre Bescheid weiß, ist nichts mehr so, wie es war. Ich wünschte, ich könnte, ihn einfach aus meinen Gedanken verbannen. Doch es geht nicht. Ständig stelle ich mir vor, dass Jürgen jeden Moment wieder hereinplatzt.

Unwillkürlich seufze ich.
„Es wird alles wieder gut." Micha legt seinen Arm um meine Schulter und zieht mich fest an sich.
„Hm … da bin ich mir nicht so sicher.", antworte ich niedergeschlagen. „Mein Leben ist ein einziges Chaos."
„Weil du dir dein Leben selbst kompliziert machst. Wenn du deinen Mann nicht mehr liebst, solltest du ihn verlassen. So einfach ist das. Das Sorgerecht für die Kinder könnt ihr euch doch teilen."
Ich schweige. In meinen Gedanken stelle ich mir mein neues Leben bildlich vor: Ich würde bei Micha einziehen, meine Söhne an den Wochenenden antreffen und die Scheidung zu Jürgen einreichen. Außerdem würden Michael und ich unsere Beziehung öffentlich machen. So würden auch die Kollegen und unser Chef wissen, dass ich meinen Mann wegen Micha verlassen habe. Doch wäre ich dann glücklich?
Ich schlage die Hände vors Gesicht. In den letzten Tagen habe ich kaum Schlaf abbekommen. Meine Gedanken kreisen unentwegt über die Zukunft und über das, was kommt. Die ständige Anspannung zerrt an mir.

In zwei Tagen ist schon Weihnachten. Doch ich kann mich gar nicht darauf freuen. Alle Menschen um mich herum sind am Plätzchen gebacken, dekorieren, Geschenke kaufen und in der heiteren Weihnachtsstimmung. Nur ich

bin es nicht. Denn, ich werde das Fest der Liebe ohne Micha verbringen.
Ich blicke ihn traurig an.
„Ich wünschte, ich könnte Weihnachten mit dir verbringen."
„Ich auch, Liebes." Er drückt einen Kuss auf meine Stirn.
Die Tage ohne Micha, die mir bevorstehen, sind eine schreckliche Vorstellung. Ich schlinge meine Arme um seine starke Brust und stelle mir vor, wie es wäre, ihn nie wieder loszulassen. Michael trägt ein T-Shirt und kann ich seine Muskeln darunter spüren. In meinem Bauch fängt es unwillkürlich an, zu kribbeln, als ob Schmetterlinge darin flattern würden. Genieße diesen Abend!, schießt es mir durch den Kopf.
„Kann ich dich etwas fragen, Kate?", unterbricht Micha meine Gedanken.
Ich blicke ihn grinsend an. Dumme Frage!
„Hast du ... hast du mit ihm geschlafen?"
Er senkt den Blick und eine Sorgenfalte erscheint auf seiner Stirn. Es ist ihm unangenehm danach zu fragen. Er ist so süß! In diesem Moment wird mir wieder klar, wie sehr ich Micha liebe. Ich nehme seine Hand zwischen meinen Händen und blicke ihm fest in die Augen.
„Nein. Ich habe nicht mit Jürgen geschlafen. Ich kann einfach nicht ... weil ich dich liebe."
Micha ist sichtlich erleichtert. Die Sorgenfalte auf seiner Stirn verschwindet.
„Nicht, dass es mich etwas anginge, aber wie reagiert er darauf? Ich meine, er muss doch auch mal ..."
„Jürgen und ich hatten auch schon, bevor wir beide zusammen waren, kaum Sex." Ich zucke mit den Schultern. „Nichts davon ist deine Schuld, mein Schatz. Unsere Ehe war schon kaputt. Es gab keine Romantik, keine Zweisamkeit und keine schönen Momente mehr.

Und jetzt ist es noch schlimmer geworden."
„Inwiefern schlimmer?", hackt Micha nach.

Zu Beginn unserer Affäre habe ich ihm so wenig wie möglich über meinen Mann und die Kinder erzählt. Ich ließ meinen Liebhaber aus den Familienangeleinheiten außen vor. Doch das hat sich geändert. Micha ist der Mann, den ich liebe. Damit gehört er zur Familie dazu.

„Ich glaube, Jürgen hasst mich seit er über uns Bescheid weiß. Ständig stichelt er gegen mich. Und wie er mich immer ansieht. Das ist furchtbar. Ich habe auch das ungute Gefühl, dass er unsere Söhne gegen mich aufhetzt."
Ich spüre, wie meine Augen feucht werden.
Micha nimmt mich in den Arm. „Was für ein Arschloch! Er hat dich nicht verdient."
„Weißt du, ich hatte gehofft, dass er sich ändern würde.", sprudelt es aus mir heraus. „Ich hatte wirklich die Hoffnung, dass wir gemeinsam an unserer Ehe zu arbeiten würden. Wie falsch ich lag! Die letzten zehn Tage waren die Hölle für mich. Ich habe es gehasst, bei Jürgen zu sein."
Ich lasse meinen Kopf erschöpft gegen seine Schulter sinken. Die Liebe zu Micha gibt mir Kraft. Wenn ich ihn nicht gehabt hätte, wäre ich bestimmt schon durchgedreht.

Er streichelt meine Haare und redet beruhigend auf mich ein. Langsam schließe ich die Augen und konzentriere ich mich auf seine Stimme. Wenn ich etwas gelernt habe in den letzten Wochen, dann, dass die Zeit mit Micha kostbar ist. Denn, wenn wir beisammen sind, spielen die Welt und die Probleme draußen keine Rolle. Es gibt nur uns beide.

„Weißt du noch, als du das erste Mal hier warst.", flüstert Michael an meinem Ohr. „Du warst völlig ausgehungert nach Sex."
„Hey!"
Ich erröte leicht. Doch er hat Recht. Ich war enttäuscht von meiner Ehe und auch das Sexleben mit Jürgen ließ zu wünschen übrig. Damals ging es mir nur um Sex. Nie hätte ich gedacht, dass ich Micha irgendwann lieben würde.

Er nimmt mein Gesicht zwischen seine Hände und schaut mir intensiv in die Augen. Unsere Nasenspitzen berühren sich. Einen Moment lang schauen wir uns schweigend an. Er ist verdammt sexy. Dann nähern sich unsere Lippen und wir küssen uns. Ich kann gar nicht genug von ihm haben. Gierig presse ich meine Lippen auf seine. Micha erwidert meine Küsse mit der gleichen Leidenschaft und beißt mir schließlich in die Lippe.
Dann bedeckt er mein Gesicht mit Küssen. Ich schließe die Augen.
„Ich liebe dich, Kate!", höre ich Micha flüstern.
„Ich dich auch, mein Schatz.", murmle ich.
Dann ergreife ich die Initiative. Ich beuge mich nach vorne und küsse Zentimeter für Zentimeter seine Halskuhle. Schön langsam. Ein leises Stöhnen entringt Michas Mund. Ich weiß, wie sehr er das mag. In den letzten Monaten habe ich all seine Vorzüge beim Sex entdeckt.

Als ich schließlich aufhöre, blickt er mich vielsagend an. Seine grünen Augen funkeln vor Verlangen.
Oh man, macht er mich verrückt!

Plötzlich fasst Micha mir um die Taille und hebt mich hoch. Die Decke, die auf meinen Beinen liegt, fällt dabei herunter.

„Oooh!", rufe ich überrascht und schlinge meine Beine fest um seinen Rücken.

Micha läuft ein paar Schritte und setzt mich dann rücklings auf dem Fellteppich vor dem Kamin ab. Wir hatten hier schon oft Sex. Ich spüre die Wärme des Kaminfeuers auf meiner Haut und kralle meine Finger erwartungsvoll in das flauschige Fellteppich. Micha legt sich auf mich. Er stützt sich dabei auf seinen Unterarmen ab. Wieder küssen wir uns innig. Es sind Küsse voller Leidenschaft und Liebe. Ich schmelze dahin.

„Oh Schatz, ich habe dich schrecklich vermisst.", stöhne ich zwischen den Küssen. Meine Augen werden leicht feucht. Ich fahre ihm durch die Haare. Mit jeder Faser meines Körpers will ich ihn.

Als sich unsere Lippen trennen, murmelt Micha: „Ich habe dich auch vermisst, *chérie*."

Dann spüre ich, wie er seine Hand unter meinem Strickpullover gleiten lässt. Unwillkürlich zucke ich zusammen.

„Was ist? Sind meine Hände kalt?", fragt Micha.

„Nein, ich war nur ... überrascht."

„Das sollte dich aber nicht mehr überraschen."

Seine Hand streift flüchtig meinen Bauch, bevor sie höher wandert. Ich habe keinen BH an. Michas Hand umschließt meine nackte Brust. Als er mit dem Daumen und Zeigefinger meinen Nippel massiert, stöhne ich leise auf. Sofort werden meine Nippel unter seine Berührungen hart. Micha schaut mir so intensiv in die Augen, dass ich erröte.

Ich weiß, dass er jede noch so kleine Regung an mir registriert. Es macht ihm Spaß, zu sehen, wie ich vor Lust

zergehe.
Dann wechselt er zur anderen Brust und streichelt auch sie gekonnt. Ich beiße mir auf die Unterlippe und reibe ich mich an dem Fellteppich.
Micha grinst breit. Er hat das Feuer in mir zum Glühen gebracht.

Er weiß genau, wie er mich anfassen muss. Ich habe ihn zwar nie danach gefragt, mit wie vielen Frauen er schon geschlafen hat. Doch von dem, was er mir bisher erzählt hat, müssen es viele gewesen sein. Einerseits bin ich neidisch, wenn ich daran denke, dass er mit all den Frauen Sex hatte. Andererseits bin ich froh darum. Denn, die Erfahrung hat den perfekten Liebhaber aus ihn gemacht. Micha ist aufmerksam, zärtlich und - anders als die anderen Männer, mit denen ich geschlafen habe - beherrscht er meinen Körper beim Sex. Jürgen kann da nicht mal ansatzweise mithalten.

Er zieht mir den Strickpullover über den Kopf, um ihn auszuziehen. Beim Anblick meiner nackten Brüste beißt er sich auf die Lippe. Er betrachtet sie einen Moment lang, bevor er mit dem Zeigefinger die Konturen meiner Brüste nachfährt.
„Sie sind perfekt!", murmelt er. „Ich habe da etwas für dich, Liebes."
Mit einem Mal steht Micha auf und entfernt sich, um kurz darauf mit zwei Geschenkpaketen zurückzukommen. Ich setze mich verwundert auf.
„Was ist das, Micha?"
„Dein Weihnachtsgeschenk. Du kannst sie jetzt gleich öffnen, wenn du willst."
Er drückt mir beide Pakete in die Hand. Das größere Paket ist in blaues Geschenkpapier eingewickelt und hat eine

hübsche Schleife. Das Kleinere steckt in rosarotem Papier, das mit Herzchen versehen ist.

„Aber ... wir hatten doch abgemacht, dass wir uns gegenseitig nichts schenken, da wir Weihnachten nicht zusammen verbringen können."

„Ich weiß." Micha greift nach meiner Hand. „Aber dann bin ich an all die Läden vorbeigelaufen und konnte nicht anders. Ich wollte dir etwas schenken."

Perplex starre ich auf die Geschenke. Damit habe ich wirklich nicht gerechnet. Denn, ich habe mich an unsere Abmachung gehalten und kein Geschenk für Michael gekauft.

Ich öffne zuerst das kleine Paket. Es kommt eine pinke Schachtel, auf der *Victoria's Secret* in goldenen Buchstaben steht, zum Vorschein. Langsam hebe ich den Deckel und blicke voller Freude auf das Dessous-Set in der Schachtel. Mit spitzen Fingern greife ich nach dem BH. Er ist wunderschön - mit zarter Seide und Glitzersteinchen verzogen. Wow! Dann begutachte ich den Slip. Er ist aus Spitze und wird an den Seiten jeweils von Steinchen zusammengehalten. Das Dessous muss ein kleines Vermögen gekostet haben.

„Ich ... ich weiß gar nicht, was ich sagen soll." stammle ich. „Es ist das beste Geschenk, das ich jemals bekommen habe." Ich senke beschämt den Blick. „Es tut mir so leid, dass ich kein Geschenk für dich habe. Aber ich hätte nicht gedacht, dass ..."

„Du brauchst dich nicht zu entschuldigen, *ma chérie*.", unterbricht mich Micha. „Es freut mich, dass es dir gefällt. Alles was ich will, ist, dich glücklich zu sehen. *Du bist mein Geschenk.*"

„Oh Schatz!" Ich umarme Micha stürmisch. „Danke! Danke! Danke! *Je t'aime plus que tout au monde!*"

„Ich liebe dich auch mehr als alles andere auf der Welt.",

erwidert Micha. Dann zeigt er auf das zweite Paket. „Du musst noch das andere Geschenk aufmachen.",
„Okay."
Nachdem ich das blaue Geschenkpapier vom Paket entfernt habe, kommt ein Dusch- und Parfümset aus der Weihnachtsedition von *Victoria's Secret* hervor.
„Danke nochmal!"
Ein glückliches Lächeln erscheint auf meinen Lippen. *Das nenne ich mal Bescherung.* Gerade dann, als ich es am wenigsten erwartet habe, wurde ich mit meinen Lieblingssachen beschenkt. Ich liebe Dessous und *Victoria's Secret* ist meine Lieblingsmarke. Einem so aufmerksamen Liebhaber wie Michael entgeht das natürlich nicht. Damit hat er den Nagel auf den Kopf getroffen.

Mir kommt eine Idee. Ich greife nach dem Dessous und den Parfümset.
„Bin gleich wieder da, Schatz!", murmle ich und gebe Micha einen flüchtigen Kuss auf den Mund, bevor ich mit den Sachen im Bad verschwinde.
Hastig schlüpfe ich aus meinen Sachen und ziehe stattdessen das Dessous an. Es passt mir wie angegossen. Dann stelle ich mich vor dem Badspiegel und betrachte mich neugierig. Wow! Ich kann kaum glauben, dass ich das bin. Ich sehe aus wie ein anderer Mensch. Sexy und selbstbewusst.

Eigentlich bin ich es nicht gewohnt, Reizunterwäsche zu tragen. Als berufstätige Mutter habe ich nicht die Zeit dafür - oder zumindest habe ich es mir immer eingeredet. Außerdem würde Jürgen, wenn er mich in diesen Sachen sehen würde, bestimmt sagen, dass man so etwas in meinem Alter nicht trägt. Er hätte mir das

Gefühl gegeben, verrückt zu sein. Seinetwegen habe ich meine Sexfantasien immer beiseitegeschoben wie etwas Verbotenes. Wenn ich so darüber nachdenke, hat Jürgen das Feuer der Leidenschaft in mir geradezu erstickt. Erst durch Michael ist das Feuer wieder entflammt. Und jetzt glühen die Flammen wie nie zuvor. Ich fühle mich wie neu zum Leben erwacht. Es ist weder verrückt noch verboten in meinem Alter Dessous zu tragen, sage ich zu meinem Spiegelbild.

Während ich mich selbst anstarre, zieht mein Alltag vor meinem geistigen Auge vorbei: Morgens, nach dem Aufstehen, denke ich zuerst an die Kinder. Ich überlege, was ich ihnen zum Frühstück mache, bevor ich sie zur Schule fahre. Da Jürgen früher als ich zur Arbeit aufbrechen muss, kann er das nicht übernehmen. Während der Arbeit erwische ich mich oft dabei, wie ich mir Sorgen um Lukas und Cédric mache. Ich habe nie mit jemanden darüber geredet, dass ich mich manchmal schuldig fühle, weil ich bei der Arbeit bin, anstatt Zuhause bei den Kindern zu sein, wenn sie von der Schule kommen. Ich bin nie da, wenn Lukas und Cédric sich das Mittagessen warm machen und sich an die Hausaufgaben setzen. Nach Feierabend gehe ich meistens einkaufen, koche das Abendessen, bereite das Mittagessen für den nächsten Tag vor und kümmere mich etwas um den Haushalt. Wo bleibt da noch Zeit für mich? Ich habe das Gefühl, im Alltag unterzugehen. Und dann ist da noch Jürgen, dem ich es nie recht machen kann. Jürgen, der mich nicht versteht.

Bin ich nur da, um mich um andere zu sorgen? Nein, ganz sicher nicht. Ich nehme mir vor, die nächsten gemeinsamen Stunden mit Micha auszukosten.
Entschlossen greife ich nach der Parfümflasche aus dem

Set und trage den herrlichen Duft auf meinem Hals und Dekolletee auf. Dann fahre ich mir mit den Fingern durch die Haare, bevor ich zu Micha ins Wohnzimmer zurückkehre. Sobald er mich erblickt, weiten sich seine Augen. Ich drehe mich einmal um die eigene Achse und lasse meine Haare flattern. Micha sitzt auf dem Fellteppich vor dem Kamin sitzt und sieht wie gebannt zu mir während ich langsam zu ihm laufe.

„Wow! Du siehst umwerfend aus. Die Sachen stehen dir gut.", ruft er begeistert aus.

„*Merci beaucoup, mon chéri.*"

Micha liebt es, mich Französisch sprechen zu hören. Ich lasse mich auf seinem Schoß nieder, packe seinen Kopf mit beiden Händen und ziehe ihn ganz nah an meinem Hals heran.

„Das neue Parfüm?"

Ich nicke grinsend.

„Tja, da habe ich die richtigen Weihnachtsgeschenke für dich ausgesucht."

„Und jetzt ist es Zeit für dein Weihnachtsgeschenk.", hauche ich ihm ins Ohr.

Ich greife nach seiner Hand und lege sie auf meine Brust. Sie umschließt meinen Busen. Dann beugt sich Micha runter, zieht mit einem Finger an dem BH und umschließt mit seinen Lippen meine Brustwarze. Ich spüre, wie er mit der Zunge immer wieder über sie drüberfährt, bevor er schließlich in den Nippel beißt. Ein spitzer Schrei entringt meinem Mund. Da richtet sich Micha wieder auf.

„Was ist?", fragt er belustigt.

Ich laufe rot an und vergrabe mein Gesicht an seinem Hals. Ich spüre, wie seine Hände an dem BH-Verschluss fummeln. Als Micha meinen BH abstreift, kann ich es kaum abwarten. Voller Verlangen reibe ich meinen nackten Busen an ihm. Er streichelt meine Haare, meinen

Rücken, meine Beine und hält dann meine Pobacken umfangen.
Ich ergreife den Saum seines T-Shirts und ziehe es ihm über den Kopf. Durch das flackernde Licht des Kamins betrachte ich seinen Oberkörper. Obwohl ich Michas Körper in- und auswendig kenne, staune ich immer wieder aufs Neue. Er ist stark gebaut und hat großartige Bauchmuskeln. Eine Goldkette mit einem Kreuzanhänger hängt von seinem Hals. Michas Familie ist sehr katholisch und er trägt die Kette schon von klein an.

Zu Beginn unserer Affäre nahm Micha sie jedes Mal, wenn wir Sex hatten, ab. Als ich ihn darauf ansprach, meinte er kurz angebunden: „Ich bringe dich dazu, zu Ehebruch zu begehen."
„Nein, das tust du nicht. Ich will es ja selbst.", widersprach ich.
Er zuckte mit den Schultern.
„Es ist dasselbe ..."
Damit beließen wir das Thema auf sich beruhen. Doch mittlerweile nimmt Micha die Kette auch beim Sex nicht mehr ab. Ich weiß nicht, ob sich an seiner Einstellung etwas geändert hat. Aber das ist mir auch egal.

Ich streichle zart über seine Brust. Dann lasse ich langsam meine Finger über seine starken Arme wandern. Ich blicke ihm dabei tief in die Augen.
An seinem rechten Unterarm hat Micha einen Tattoo. Es ist das chinesische Schriftzeichen für „Liebe". Soweit ich weiß, hat er sich das als Teenager zusammen mit seiner damaligen Freundin stechen lasen. Es war ein Partnertattoo. Ein Beweis für ihre Liebe. Doch das ist Vergangenheit. Micha gehört jetzt mir.

Unermüdlich lasse ich meine Finger über seinen Körper wandern. Er berührt meinen Slip. Mit den Fingern zeichnet er die schmale Linie zwischen meinen Schamlippen nach. Immer und immer wieder. Ich schließe die Augen und konzentriere mich nur auf seine Berührungen. Meine Fingernägel vergraben sich dabei krampfhaft in seine Schultern. Da schiebt Micha den Slip zur Seite und führt langsam einen Finger in mich ein. Unwillkürlich stöhne ich auf. Unaufhörlich lässt er seinen Finger in mich rein und raus gleiten. Erst langsam, dann etwas schneller. Wie von selbst, bewegt sich mein Körper rhythmisch dazu.

Als ich mich an ihn lehne, um mehr Halt zu bekommen, küsst Micha meinen Hals. Ich stöhne laut und habe das Gefühl, vor lauter Lust zu zergehen. Er ist verdammt feinfühlig. Ich muss ihm keine Anweisungen geben.

Da hält er in seiner Bewegung abrupt inne. Bevor ich weiß, wie mir passiert, entringt mir lauthals ein Protestschrei.

„Wieso hörst du auf?", frage ich benommen.

Mein eigener Schrei hallt in meinen Ohren nach und ich schäme mich zutiefst.

„Soll ich weitermachen?"

An seiner Stimme höre ich, dass es Micha Spaß macht, mich zappeln zu lassen.

„Das weißt du doch.", murmle ich an seiner Schulter.

„Dann leg dich hin."

Ich küsse ihn auf den Mund und lasse ich mich rücklings auf dem Teppich fallen. Micha zieht meinen Slip aus. Jetzt bin ich splitterfasernackt. Er betrachtet mich einen Moment lang ungeniert. Als er mir in die Augen sieht, wende ich meinen Blick schnell ab. Das Blut rauscht in meinen Ohren.

Dann schiebt Micha meine Beine auseinander und platziert sich zwischen sie. Langsam küsst er die Innenseite meiner Oberschenkel. Zentimeter für Zentimeter. Ich schließe genussvoll die Augen. Als sein Mund endlich meine Vagina erreicht, stöhne ich lustvoll auf. Ich fühle mich wie elektrisiert. Adrenalin schießt durch meine Adern und mein Herz schlägt schneller. Micha führt einen Finger in mich ein, während er gleichzeitig mit der Zunge sanft über den Kitzler fährt. Ich winde mich vor Lust und mein Körper zuckt unkontrolliert.

Kurz bevor ich den Höhepunkt erreiche, packe ich entschlossen seinen Kopf mit beiden Händen und stoppe ihn abrupt. Ich will, dass wir den Orgasmus gemeinsam erleben.

„Danke.", hauche ich und küsse ihn. Ich spüre, einen salzigen Geschmack im Mund.

Ich blicke Micha tief in die Augen, während ich meine Hand auf die Beule in seiner Jeanshose lege. Dann zerre ich an seinem Reißverschluss. Micha hilft mir, seine Hose und die Shorts auszuziehen. Er steht auf und stellt sich vor mich hin. Ich blicke zu ihm hoch. Das Knistern des Kamins erscheint mir plötzlich sehr laut.

Ich lasse Micha noch kurz zappeln, bevor meine Lippen seinen beträchtlichen Penis umschließen. Als ich mit der Zunge seine Eichel berühre, stöhnt Micha leise auf. Ich schiebe seinen Penis so weit wie möglich in meinen Mund hinein und bewege meinen Kopf vor und zurück. Meine Lippen gleiten sanft über den Schaft. Er wickelt meine Haare um seine Hand und zieht leicht daran. Ich blicke zu ihm hoch. Er mag das, wenn ich ihn dabei ansehe. Es verleiht ihm das Gefühl von Macht. Ich spüre, wie sein Penis pulsiert. Micha wirft den Kopf in den

Nacken und stößt mir sein bestes Stück tiefer in den Mund hinein.

Dann lege mich auf dem Teppich hin und bedeute Micha, sich auf mich zu legen. Wir blicken uns liebevoll in die Augen, als er in mich eindringt. Er ist dabei vorsichtig. Es ist ein besonderer Moment. Ich lasse mich komplett fallen. All die Sorgen, mein Ehemann und sogar Lukas und Cédric sind irgendwo in der Ferne. Sie sind Teil der Außenwelt - weit weg von uns.

Ich schließe meine Arme fest um Michas Rücken und spreize die Beine etwas weiter, damit er noch tiefer in mich eindringen kann. Mein Stöhnen erfüllt den ganzen Raum. Er hält mich fest umschlungen. Es ist, als wir miteinander verschmelzen würden.

Michael und ich hatten sehr viel Sex. Mal haben wir uns wild und hemmungslos geliebt, dann wiederum zärtlich und liebevoll. Oft konnten wir es beide jedoch kaum abwarten. Sobald wir in Michas Wohnung angelangt waren, rissen wir uns auch schon die Kleider vom Leib, um übereinander herzufallen.

Aber dieses Mal ist es ganz anders. Noch nie haben wir uns so geliebt wie jetzt. Es ist so intensiv und emotional, dass sich meine Augen mit Tränen füllen. Die Luft ist geradezu am Explodieren.
Meine eigenen Schreie hallen in meinen Ohren nach. Meine Fingernägel bohren sich tief in seine Haut. Ich blicke Micha in die Augen, während wir miteinander schlafen. Sein Gesicht wird seitlich vom Kaminfeuer beleuchtet. Dadurch wirken die Gesichtszüge markanter. Ich stütze mich leicht auf, um ihn auf den Mund zu

küssen. Doch im Rausch der Leidenschaft beiße ich ihm versehentlich in die Lippe. Vollkommen in Ekstase merke ich gar nicht, wie fest ich zubeiße bis ich Blut schmecke. Da lasse ich von seinen Lippen ab. Micha küsst meine Halskuhle. Ich spüre seinen Atem auf meiner Haut. Mein Stöhnen wird lauter. Ich habe das Gefühl, zu explodieren.

Da flüstert mir Micha plötzlich ins Ohr: „Ich liebe dich, Catherine. Ich liebe dich über alles!"
Seine Stöße werden härter, bis wir beim Höhepunkt miteinander verschmelzen. Mein Schrei klingt animalisch in meinen eigenen Ohren. Ich habe das Gefühl, mein Körper teilt sich in zwei Hälften von der Wucht des Orgasmus.

Als ich langsam wieder die Kontrolle über meine Sinne zurückgewinne, hauche ich: „Ich dich auch, *chéri!*"
Eine Träne rollt über meine Wange.

5. Kapitel

Es ist sieben Uhr morgens, als ich im Auto sitze und auf dem Weg nach Hause bin. Schweren Herzens habe ich mich von Micha verabschiedet. Wir werden uns eine Weile nicht mehr sehen. Ich werde Weihnachten und Neujahr nicht mit dem Mann verbringen können, den ich liebe. Der Gedanke daran erfüllt mich mit tiefer Trauer.

Die Straßen sind nass und rutschig. Doch ich kann mich nicht auf das Fahren konzentrieren. Ständig schweifen meine Gedanken ab zur letzten Nacht. Ich habe sie bei Micha verbracht. Wir sind neben dem Kamin eingeschlafen. Bis zum Morgengrauen haben wir uns noch drei Mal geliebt. Mal liebevoll, mal wild und verlangend. Es war die schönste Nacht meines Lebens.
Ich bin hundemüde, aber das ist es wert. Ich versuche, die Erinnerungen an letzter Nacht aus meinen Gedanken zu verdrängen und mich das das bevorstehende zu konzentrieren. Jürgen. Er kann sich bestimmt denken, wo ich die Nacht verbracht habe. Ehrlich gesagt bin ich ein wenig erleichtert darüber, dass wir jetzt mit offenen Karten spielen und ich nichts mehr verheimlichen muss.

Ich bin hin- und hergerissen zwischen der Liebe zu Micha empfinden und meinem schlechten Gewissen. Vielleicht sollte ich Lukas und Cédric von Micha erzählen. Ich versuche, mich in ihre Situation hineinzuversetzen. Wie wäre es für mich, wenn meine Mutter mir erzählen würde, dass sie jemand anderen liebt als meinem Vater? Hätte ich Verständnis für Julie aufgebracht und den neuen Mann an ihrer Seite akzeptiert? Oder hätte ich es als Verrat meinem Vater gegenüber empfunden? So sehr ich darüber grüble- ich weiß es nicht.

Je mehr ich mich meinem Zuhause nähere, desto nervöser werde ich. Schläft Jürgen noch? Oder hat er die ganze Nacht wachgelegen und darüber nachgedacht, wie sehr er mich hasst? Ich merke, wie ich auf dem Autositz unruhig hin und her rutsche.
Sobald ich in die Straße einbiege, entdecke ich Jürgens dunkelroten BMW. Ich fahre in die Auffahrt und parke neben seinem Auto. Mein Blick fällt auf Michas Weihnachtsgeschenke auf dem Beifahrersitz. Soll ich sie mit ins Haus nehmen oder lieber damit warten, bis ich mir sicher bin, dass die Luft rein ist? Ich seufze.
Dann hole ich tief Luft, greife entschlossen nach den Weihnachtsgeschenken, laufe zur Haustür und öffne sie leise. Ich komme mir dabei vor wie ein Verbrecher. Als ich im Flur stehe, fällt mir auf, wie still es im Haus ist. Totenstill.

Auf Zehenspitzen steige ich die Treppen hinauf zum Schlafzimmer. Hoffentlich wecke ich niemanden auf! Die Tür zum Schlafzimmer steht sperrangelweit auf. Es ist niemand da. Ich atme erleichtert aus. Dann werfe ich Michas Weihnachtsgeschenke unachtsam auf das Ehebett und suche im Kleiderschrank nach frischer Kleidung. Ich will ein heißes Bad nehmen und mich danach etwas hinlegen. Vor lauter Müdigkeit nehme ich die Schritte hinter mir gar nicht wahr.
„Wo warst du?", höre ich plötzlich jemanden rufen.
Erschrocken fahre ich herum und erblicke Jürgen. Oh Gott! Obwohl ich damit gerechnet habe, trifft es mich dennoch. Ich versuche, das Zittern in meiner Stimme zu unterdrücken.
„Dir auch einen guten Morgen. Lass uns bitte nicht den Tag mit Streit anfangen.", flehe ich.

Da schnellt Jürgen nach vorn, umschließt meinen Hals mit einer Hand und knallt mich gegen den Kleiderschrank. Ich spüre einen stechenden Schmerz am Hinterkopf. Das Ganze passiert so schnell, dass ich kaum begreife, was los ist. Ich wimmere vor Schmerzen.
„Lass mich los! LASS MICH LOS, DU VERDAMMTES ARSCHLOCH!", schreie ich verzweifelt.
Doch seine Hand hält meinen Hals wie ein Schraubstock umschlungen. Der Blick in Jürgens Augen lässt das Blut in meinen Adern gefrieren. Er hasst mich. Die nackte Angst überkommt mich. Zum ersten Mal in meinem Leben habe ich wirklich Angst vor Jürgen.
„Wo du warst, habe ich gefragt", brüllt er lauthals.
Meine Beine fangen an, zu zittern und ich lege meine Hände auf seine. Ich befürchte, dass er meinen Hals zudrückt.
„Bei Michael.", flüstere ich tonlos.
Ich rede mir ein, dass er sich beruhigt und mich loslässt, wenn ich auf seine Fragen eingehe. Ich klammere mich an die Hoffnung, dass ich ihn besänftigen kann.
„Was hast du bei ihm gemacht?", bohrt Jürgen weiter.
Seine Stimme ist verdammt laut und hallt in meinem Kopf nach. Mir wird auf einmal schwarz vor den Augen. Ich habe pochende Kopfschmerzen. Blute ich am Kopf?, frage ich mich panisch.
„Bitte.", flehe ich mit geschlossenen Augen. „Jürgen, ich habe Schmerzen. Lass mich los. Wenn dir Lukas und Cédric etwas bedeuten, dann lass los. Mir ist schlecht."
Ich spüre, dass Jürgen meine Worte in Gedanken abwägt. Er fragt sich bestimmt, ob er mir trauen kann oder ob ich ihm nur etwas vorspiele. Schließlich lockert sich sein Griff um meinem Hals ein wenig. Doch noch wage ich nicht zu glauben, dass es vorbei ist.
„Was ist denn hier los?", höre ich plötzlich jemanden

fragen.

Ich reiße erschrocken die Augen auf. Lukas steht in der Tür und schaut uns geschockt an. Er hat noch seinen Schlafanzug an, seine Haare stehen wirr vom Kopf ab und seine braunen Augen sind geweitet.

Da lässt Jürgen endlich von mir ab. Meine Beine zittern und ich lehne mich gegen den Kleiderschrank, um Halt zu bekommen. Der Schock darüber, dass Jürgen mich angegriffen hat, sitzt tief. Ich versuche, den Gedanken aus meinem Kopf zu verbannen. Nicht jetzt, Lukas schaut zu!, ermahne ich mich selbst.

Ohne ein Wort verlässt Jürgen das Schlafzimmer. Ich laufe auf zittrigen Knien zum Ehebett, um mich hinzusetzen. Zögernd kommt Lukas auf mich zu. Ich kann ihm ansehen, dass er Angst hat und verunsichert ist.

„Alles gut, mein Schatz.", versuche ich ihn zu beruhigen. Ich zwinge mich sogar, ein Lächeln aufzusetzen. Aber Lukas lässt sich nicht täuschen.

„Mutter, was war los? Hat Papa dich etwa geschlagen?"

„Nein, nein. Dein Vater hat mich nicht geschlagen. Wir hatten nur eine kleine Meinungsverschiedenheit."

Mein ältester Sohn zieht skeptisch beide Brauen hoch. Natürlich glaubt er mir nicht.

„Wenn du es mir nicht sagen willst, ist es okay. Aber lüge mich nicht an."

Unwillkürlich erscheint ein schwaches Lächeln auf meinen Lippen.

„Okay, Mister Oberschlau."

Mit seinen fünfzehn Jahren ist Lukas seinen Gleichaltrigen in vielen Hinsichten voraus. Er ist sehr begabt und hat gute Noten in der Schule. Genau wie Jürgen faszinieren ihn die naturwissenschaftlichen Fächer. Für Fremdsprachen hingegen hat Lukas nur wenig

Begeisterung übrig. Zu meinem Bedauern ist Französisch da keine Ausnahme. Obwohl ich alles darangesetzt habe, ihn für meine Muttersprache zu begeistern, ist mir das nicht gelungen.

Ganz anders verhält es sich bei Cédric. Er spricht meine Muttersprache ganz passabel und ist sogar an der französischen Kultur interessiert. In seiner Freizeit spielt Cédric Fußball und unternimmt viel mit seinen Freunden, während Lukas lieber daheimbleibt und Computerspiele spielt. Ich habe oft versucht, ihn vom Zocken wegzulocken und zu überreden, stattdessen mehr rauszugehen. Doch Jürgen hat mir dazwischengefunkt.

„Lass ihn doch, Kate. Er hat gute Noten und hat noch nie Ärger gemacht. Warum versuchst du ihn zu verändern?"

„Ich will Lukas doch gar nicht verändern.", habe ich geantwortet. „Aber findest du das nicht merkwürdig, dass er seine ganze Freizeit mit Videospielen verbringt? Er muss doch rausgehen, sich mit seinen Freunden treffen und ..."

„Ach, und du weißt, was das Beste für ihn ist, nicht?" Verachtung klang in seiner Stimme mit. „Lass den Jungen in Frieden. Er ist glücklich so."

Damit habe ich mich geschlagen gegeben. Vielleicht hat Jürgen ja Recht und ich muss Lukas so akzeptieren, wie er ist.

Obwohl nur zwei Jahre Altersunterschied zwischen meinen beiden Söhnen liegen, sind könnten sie kaum unterschiedlicher sein.

Lukas kommt nach seinem Vater. Sie sind beide sehr introvertiert. Manchmal fällt es mir schwer, zu verstehen, was in Lukas vor sich geht. Er behält Sachen lieber für sich, anstatt darüber zu reden. Als Mutter nimmt mich das mit. Aber mir sind die Hände gebunden. Ich kann Lukas nur helfen, wenn er sich helfen lässt.

Bei Cédric mache ich mir weniger Sorgen, denn er erzählt bereitwillig von seinen Erlebnissen. Ich weiß, was ihm durch den Kopf geht. Er lässt Jürgen und mich an seinem Leben teilhaben.

Zwischen Lukas und Cédric kommt es manchmal zu Reibereien. Ich würde nicht sagen, dass die beiden ein gutes brüderliches Verhältnis haben. Sie leben jeweils ihr eigenes Leben.

Ich versuche, nicht zu der Sorte von Müttern zu gehören, die überfürsorglich sind und sich ständig wegen alles Mögliche Sorgen machen. Das ist nicht ganz einfach, denn mir fällt es schwer, lockerzulassen. Ich frage mich oft, ob ich eine gute Mutter bin und alles richtig mache. Es gibt nun mal keine Anleitung dafür, Mutter zu sein. Man wächst in diese Rolle hinein und sammelt Erfahrungen.

Ich lasse warmes Wasser in die Badewanne einlaufen und gebe Lavendelöl hinzu. Dann zünde ich zwei Duftkerzen an und steige in die Wanne ein. Meine Knie sind noch ganz weich. Ich bin zutiefst geschockt und versuche zu begreifen, was vorhin vorgefallen ist. *Jürgen hat dich angegriffen! Er hat dich wirklich angegriffen!*, schießt es mir immer wieder durch den Kopf.

Morgen werden auch noch Jürgens Eltern zu Besuch kommen, damit wir Heiligabend gemeinsam als Familie verbringen. *Familie. Dass ich nicht lache!*

Mein Blick fällt auf die Uhr über dem Badschrank. Es ist kurz vor acht. Soll ich Micha anrufen und ihm erzählen was passiert ist? Doch ich verwerfe den Gedanken schnell wieder. Ich will Micha nicht beunruhigen. Aber ich kann auch nicht herumsitzen und so tun, als ob nichts vorgefallen wäre. Der Gedanke daran, was passiert wäre, wenn Lukas nicht ins Schlafzimmer gekommen wäre, ist

entsetzlich. Müde schließe ich die Augen. Da fällt mir auf einmal Julie ein. Julie. Ich vermisse sie schrecklich.
Seit Jürgen sich mit meiner Mum zerstritten hat, habe ich mich auch von ihr distanziert. Denn, er hatte von mir verlangt, mich auf seine Seite zu stellen. Ständig hat er mir in den Ohren gelegen, wie sehr meine Mutter ihn auf dem Kieker haben würde. Jürgen fühlte sich von Julie schlecht behandelt. Als der Streit zwischen den beiden vor einem halben Jahr eskalierte, gab ich Jürgens Forderung nach. Ich wollte, dass er endlich Ruhe gab. Doch jetzt ist alles anders.
Ohne zu zögern, trockne ich meine Hände mit einem Handtuch ab, greife nach meinem Handy, wähle nervös Julies Nummer und stelle auf Lautsprecher. Es klingelt. Einmal, zweimal … fünfmal. Als nach dem zehnten Klingeln immer noch niemand ran geht, lege ich auf. Hat Julie meine Nummer erkannt und nimmt deshalb nicht ab? Dann beschließe ich, es noch mal zu versuchen. Dieses Mal höre ich nach dem dritten Klingeln ein: *„Allô?"*
Gott sei Dank. Der Klang ihrer Stimme ist so beruhigend. Ich räuspere mich. *„Allô, maman. C'est moi, Catherine."*
Dann herrscht Stille. Gerade als ich denke, dass Julie aufgelegt hat, spricht sie weiter.
„Catherine. Ça va, ma chérie?"
Damit ist das Eis gebrochen. Eine Träne rollt über meine Wange. Tut das gut, ihre Stimme zu hören!
„*Maman.*", stammle ich. „Wie geht es dir? Geht es *papa* gut?"
„Uns geht es gut. Mach dir keine Sorgen. Und dir?"
„Mir geht es auch gut." Ich schlucke hart.
„Wie geht es Lukas *et* Cédric?"
„Denen geht es auch gut. Lukas hat immer noch sehr gute Noten in der Schule. Und Cédric spielt zwei Mal in

der Woche Fußball. Sie grüßen dich."

Wir achten beide darauf, Jürgen nicht zu erwähnen. Sie macht es, weil sie denkt, ich würde mich sonst auf seine Seite schlagen. Und ich erwähne seinen Namen nicht, da ich Julie nicht beunruhigen will.

„*Maman*, kann ich euch vielleicht besuchen? Ich vermisse dich und *papa*."

„*Ouí, évidemment*! Wann willst du kommen?"

Oh Julie! Sie hat so ein großes Herz. Obwohl ich mich in den letzten Monaten von ihr distanziert habe, empfängt sie mich mit offenen Armen. Mit keinem Wort hält sie es mir vor.

„Morgen kommen die Schwiegereltern zu Besuch wegen Heiligabend.", beginne ich. „Ich würde dann an dem ersten Weihnachtstag zu euch kommen. Ist das okay?"

„*Ouí, ouí*. Komm nur. Papa und ich können es kaum erwarten, dich zu sehen."

„Oh Julie!", rufe ich. „Ihr seid viel zu gut zu mir. Ihr habt so eine Tochter wie mich gar nicht verdient." Der letzte Satz rutscht mir einfach heraus.

„Sag das nicht, Catherine. Du weißt, dass wir dich immer lieben."

„*Ouí, maman*. Ihr seid die besten Eltern auf der Welt. Und ich kann es auch kaum erwarten, euch wiederzusehen. *Je vous aime plus que tout*!"

„*Pareillement, ma chérie*."

Dann schicken wir uns Küsschen durch den Hörer und legen schließlich auf. Ich fühle mich sehr erleichtert nach dem Telefonat. Der Gedanke, dass ich meine Eltern bald besuchen werde, gibt mir Kraft. Heiligabend werde ich schon irgendwie überstehen.

Beruhigt schließe ich die Augen. Kurz darauf döse ich in der Badewanne ein.

Es ist Heiligabend. Alle sitzen gemeinsam am Esstisch: Jürgen, seine Eltern, Anita und Herbert, Lukas, Cédric und ich. Ein paar Meter weiter steht der gold-silber dekorierte Christbaum. Ich schmücke den Tannenbaum immer selbst. Jürgen und den Kindern kommt das ganz gelegen. Unter dem Baum stehen die Geschenke, die wir nach dem Essen auspacken werden. Im Hintergrund laufen ununterbrochen Weihnachtslieder.

Ich trage ein rotes, knielanges Kleid und den passenden Lippenstift dazu. Auch Anita und Herbert haben sich richtig in Schale geworfen. Anita trägt ein marineblaues Kleid, den passenden Schal und hohe Schuhe. Herbert trägt einen Smoking.

Ich weiß, wie wichtig es ihnen ist, hier zu sein. Nach dem Tod ihrer Tochter klammern Herbert und Anita sich geradezu an Jürgen. Doch er ist ausgerechnet heute lustlos und redet kaum ein Wort beim Essen.

Ich habe Stunden in der Küche damit verbracht, das Essen zu kochen. Als Vorspeise gibt es Suppe. Danach essen wir den Gänsebraten, den ich im Backofen gegart habe, mit Bratkartoffeln und Salat. Als Nachspeise gibt es *Mousse au chocolat*.

Nach außen hin erschienen wir wie eine glückliche Familie. Doch das ist nur Fassade. Mein Koffer steht gepackt im Schlafzimmer. Nur der Gedanke, dass ich morgen früh zu meinen Eltern reise, gibt mir die Kraft, diesen Abend zu überstehen. Ich habe beschlossen, so lange bei Philippe und Julie zu bleiben, bis ich wieder zur Arbeit muss. So kann ich die Zeit, bis ich Michael wiedersehe, gut überbrücken. An das, was danach kommen wird, will ich gar nicht erst denken.

Jürgen und ich schlafen zwar noch im Ehebett. Doch wir rutschen so weit auseinander wie es nur geht und ignorieren uns gegenseitig. Die ganze Situation stresst mich so sehr, dass ich nicht einschlafen kann. Ich habe Angst vor Jürgen. Der Gedanke daran, dass er mich im Schlaf plötzlich angreift, lässt mich die ganze Nacht wach bleiben. Ständig sehe ich sein hasserfülltes Gesicht vor mir, als er mich gegen den Kleiderschrank drückte. Ich kriege diese Bilder nicht aus dem Kopf. Michael habe ich noch nichts von all dem erzählt. Er soll sich keine Sorgen um mich machen, während er mit seiner Familie Weihnachten feiert.

Jürgen und ich reißen uns den Kindern und meinen Schwiegereltern zu Liebe zusammen. Sie sollen den Heiligabend als schöne Erinnerung im Kopf behalten. Ich versuche jeglichen Blickkontakt mit Jürgen zu vermeiden. Doch gerade beim Essen ist das nicht leicht. Denn, er sitzt mir gegenüber am Tisch. Mehr als einmal fällt mir auf, wie ich unbewusst meine Hand zur Faust balle. Ich bin ich extrem angespannt. Es geht mir gar nicht gut. Der Schlafmangel und der Stress machen mir zu schaffen. Dennoch versuche ich, mir nichts anmerken zu lassen und setze mein Lächeln auf.

Das Festessen verläuft zum Glück ohne Probleme. Herbert und Anita fragen ihren Enkeln, wie es in der Schule läuft. Lukas gibt kurze und knappe Antworten. Wie immer ist er nicht gesprächig und hält sich bedeckt mit dem, was in ihm vorgeht. Ich runzle die Stirn. Warum verschließt er sich bloß vor der Welt? Da fällt mir ein, dass er gestern dabei war, als Jürgen mich im Schlafzimmer angriff. Ist er deswegen so still? Währenddessen plaudert Cédric munter. Er erzählt seinen Großeltern von seiner Fußballmannschaft, seinen

Freunden und zieht über Lehrer an seiner Schule her. Wie unbekümmert er doch ist! Ein vages Lächeln erscheint auf meinen Lippen. Jürgen fängt meinen Blick auf. Er sieht mich hasserfüllt an. Sofort vergeht mir das Lächeln und ein Schauer jagt mir über den Rücken. Meine Hand fängt an zu zittern. Ich greife nach der Serviette, um mir den Mund abzuwischen. Roter Lippenstift bleibt daran hängen. Ich wage kaum, den Blick zu heben.
„Kate, geht es dir gut?", wendet sich Anita plötzlich an mich.
Ich spüre, die bohrenden Blicke der anderen auf mir und setze sofort mein Lächeln auf. Mittlerweile habe ich dieses falsche Lächeln perfektioniert.
„Mir geht es super. Nimm dir doch von dem Salat, Anita. Du hast ja kaum was auf den Teller."
„Ich nehme mir zum Schluss davon. Übrigens danke für das leckere Essen, meine Liebe. Deine Kochkünste sind nicht zu übertreffen."
Sie lächelt mir gutmütig zu.
„Danke. Es freut mich, dass es dir schmeckt.", antworte ich, den Blick auf Jürgen geheftet.
Seine Augen verengen sich daraufhin zu Schlitzen. Ich könnte schwören, dass er am liebsten über den Tisch springen würde, um mir an die Kehle zu springen. Doch vor den Augen seiner Familie kann er mir nichts tun. Unwillkürlich muss ich grinsen. Dann greife ich nach dem teuren Rotwein, um mir davon einzuschenken.

Um Mitternacht legen wir uns alle schlafen. Da ich am nächsten Tag schon früh zu meinen Eltern aufbrechen werde, verabschiede ich mich vor dem Schlafengehen noch von meinen Schwiegereltern und meinen Söhnen. Ich umarme Herbert und Anita und bedanke mich dafür, dass sie die anstrengende Reise auf sich genommen

haben, um bei uns zu sein. Anita gibt mir ein Küsschen auf die Wange und schwärmt, dass ich eine wunderbare Schwiegertochter sei. Ich nehme ihr Kompliment dankend an und gehe dann ins Lukas Zimmer.
„Ist alles okay, mein Schatz?"
Lukas liegt schon im Bett. Sein Zimmer wird von der Leselampe auf seinem Nachttisch erleuchtet.
„Ja, Mutter.", antwortet er kurz angebunden.
Ich seufze innerlich und setze mich auf dem Bettrand. Ich betrachte ihn nachdenklich. Da richtet sich Lukas senkrecht im Bett auf. Er vermeidet den Blickkontakt mit mir.
„Lukas.", beginne ich und streichle zart über seine Wange. „Du weißt, dass ich morgen zu Julie und Philippe fahre?"
„Ja."
Er sieht mich immer noch nicht an.
„Aber ich bleibe nicht lange weg. Wenn irgendetwas ist, dann ruf mich an. Versprichst du es mir?"
Endlich sieht er mir in die Augen und nickt.
„Gut."
Dann sehe ich mich in seinem Zimmer um. Alles ist fein säuberlich geordnet und aufgeräumt. Nur seine Weihnachtsgeschenke liegen ungeachtet auf dem Schreibtisch: Eine Winterjacke von Jack&Jones, ein Buch, zwei Videospiele, ein Duschset, etwas Geld und Süßigkeiten.
„Bist du zufrieden mit deinen Geschenken?", frage ich.
„Ja schon."
„Okay, das freut mich." Ich stehe vom Bett auf. Gerade als ich ihm gute Nacht wünschen will, um zur Tür hinauszugehen, höre ich Lukas plötzlich fragen: „Ist es wegen Dad?"
„Was?"
„Fährst du wegen ihm zu deinen Eltern?"

Ich blicke Lukas stirnrunzelnd an.
„Nein. Wie kommst du darauf?"
„Ich dachte nur." Er zuckt mit den Schultern.
„Mach dir keine Sorgen deswegen. Es ist alles gut. Und jetzt schlaf dich aus. Anita wird euch morgen einen leckeren Brunch zubereiten. Gute Nacht, mein Schatz."
„Gute Nacht."
Dann verlasse ich sein Zimmer und mache die Tür hinter mir zu. *Er ahnt etwas und macht sich Sorgen!*, schießt es mir durch den Kopf. Aber was kann ich tun?
Als ich Cédrics Zimmer betrete, sitzt er vor dem PC und chattet mit seinen Freunden.
„Hallo Schatz."
„*Maman.*" Er entschuldigt sich bei seinen Freunden und wendet sich mir zu.
Ich erzähle ihm, dass ich für ein paar Tage weg sein werde und bitte ihm darum, mich anzurufen, falls etwas passieren sollte. Cédric verspricht mir, sich bei mir zu melden. Dann umarme ich ihn und gebe ihm einen Kuss auf die Wange.
„Ich werde dich vermissen.", sage ich, während ich mit einer Hand durch seine hellen Haare streiche.
„Ich dich auch, *maman.*"
Ich ermahne Cédric, nicht zu lange aufzubleiben, bevor ich sein Zimmer verlasse. Erschöpft gehe ich ins Schlafzimmer, wo ich sofort mein rotes Kleid abstreife. Gerade als ich mein Schlafanzug anziehen will, kommt Jürgen herein. Ich höre, wie er die Tür hinter sich schließt. Schlagartig bekomme ich Angst. Meine Hände zittern und ich beeile mich mit dem Anziehen.
„Ich muss schon sagen, für eine Schlampe hast du ein sehr gutes, schauspielerisches Talent."
Er klatscht in die Hände wie zum Applaus.
„Bravo! Du hast dich bei allen gut eingeschleimt. Vor

allem meine Eltern hast du hervorragend getäuscht. Sie denken, du wärst die beste Schwiegertochter der Welt."

Während er spricht, tritt Jürgen von hinten an mich heran. Panisch drehe ich um. Dabei halte ich den Arm vor meinen nackten Busen.

„Was willst du?"

Er ignoriert die Frage. Stattdessen lässt er seinen Blick an meinem Körper herunterwandern. Langsam und lässig. Ich komme mir dabei wie ein Gegenstand vor, das zur Begutachtung zur Schau steht. Unwillkürlich schließe ich meinen Arm noch fester um meinen Körper, um ihn vor seinen Blicken zu beschützen. Jürgen neigt den Kopf leicht zur Seite und sieht mir unverhohlen in die Augen.

„Sag mal, wie lange denkst du, wird sich dein *Micha* noch deinem Körper erfreuen, bevor er alt und schrumpelig wird?"

Ich kann meinen Ohren kaum glauben. Hat er das wirklich gesagt? Entgeistert starre ich Jürgen an. Dann beschließe ich, nicht darauf einzugehen, denn ich weiß, dass er mich provozieren will. Ich werde ihm diese Genugtuung nicht geben.

„Jürgen, ich fahre morgen weg. Dann kannst du dich bei allen einschleimen."

Seine Augen rollen nach oben und er tut so, als ob er nachdenken würde.

„Hm, also wenn ich es mir Recht überlege, gibt es da etwas ganz anderes, was ich will."

Ich ahne, was er gleich sagen wird. Meine Knie werden weich und mein Mund fühlt sich wie ausgetrocknet an. *Oh Gott, bitte mach, dass er aufhört!*, schicke ich ein Stoßgebet zum Himmel.

„Es ist schon sehr lange her, seit wir das letzte Mal miteinander geschlafen haben."

Jürgen lässt seine Stimme weich und versöhnlich klingen.

Es ist, als ob er mich in den Wahnsinn treiben will.
„Und schließlich sind wir Mann und Frau, also …"
Er streckt den Arm aus, um mich zu berühren. Sofort trete ich einen Schritt zurück, um seiner Berührung zu entgehen. Vor lauter Wut und Angst kann ich nicht sprechen. Ich will laut schreien, ihn anbrüllen. Doch es geht nicht. Es ist, als ob ich plötzlich verstummt wäre. In diesem Moment fühle ich mich ohnmächtig und sehr hilflos.
„Jetzt zier dich nicht so. Micha darf doch auch ran. Also warum darf ich es nicht? Ich bin doch dein Mann."
Wieder streckt Jürgen den Arm nach mir aus. Dieses Mal kann ich nicht ausweichen, denn ich stehe mit dem Rücken zum Kleiderschrank. Als seine Finger meinen Arm berühren, zittere ich vor Wut. *Wehr dich, Kate! Lass nicht zu, dass er dich anfasst!*, schießt es mir durch den Kopf. Mir wird klar, dass je mehr Raum ich meiner Angst und Wut gebe, desto mehr verleihe ich Jürgen damit Macht über mich. Die Macht, mich jeder Zeit „Schlampe" zu nennen und mich zu nehmen, wann immer er will. Wenn es mir jetzt nicht gelingt, ihn aufzuhalten, habe ich verloren.
Und plötzlich ist es, als ob ich meine Stimme wiedergefunden hätte.
„Lass das!" Ich schüttle seine Hand energisch ab. „Lass mich in Ruhe, du Arschloch!"
Als ich weiterspreche, sehe ich Jürgen fest in die Augen.
„Ich habe keine Angst vor dir. Du kannst mir nichts tun. Die Tatsache, dass deine Eltern nebenan im Zimmer schlafen, während du versuchst, dich an mir zu vergreifen, zeigt nur, wie erbärmlich du bist. Weißt du, jedes Mal, wenn ich anfange etwas Mitleid für dich zu empfinden, bereue ich es. Du hast kein Mitleid verdient."
Ich werde etwas mutiger.

„Es geschieht dir Recht, dass ich dir fremdgehe."
„Pass auf, was du sagst, du verdammte Hure!", erwidert Jürgen.
Seine Augen verengen sich, zu Schlitzen.
Ich habe ihn zur Weißglut gebracht!, schießt es mir triumphierend durch den Kopf.
„Nimm den Mund lieber nicht zu voll ... sonst ... passiert noch was!", droht er.
Wutentbrannt dreht Jürgen mir den Rücken zu, klettert ins Bett und deckt sich zu. Ich atme erleichtert auf. Fürs Erste habe ich etwas Ruhe. Während ich meinen Schlafanzug anziehe, muss ich über Jürgens Drohung nachdenken. *Sonst passiert noch was! Es passiert noch was!* Hat er das nur so gesagt? Wie weit würde er wirklich gehen?

Ich grüble immer noch darüber, als ich mich neben ihm ins Bett lege.
In dieser Nacht liege ich lange wach. Ich habe Angst davor, was Jürgen mit mir macht, wenn ich einschlafe. Schreckliche Angst.

6. Kapitel

Es ist der erste Weihnachtstag, als ich um kurz nach acht vor dem Haus meiner Eltern stehe. Ich habe zwar einen Schlüssel, doch es kommt mir nicht richtig vor, ihn zu benutzen. Die Tür geht auf und Julie empfängt mich mit einem warmen Lächeln.
„*Maman.*", hauche ich und umarme sie fest.
Erleichtert atme ich ihren Geruch ein. Wie sehr ich sie vermisst habe! Auch sie drückt mich fest an sich und küsst mich auf die Wange.
„*Catherine.*", ruft sie.
Es ist ein emotionales Wiedersehen und ich bin den Tränen nah. Dann gehen wir Arm in Arm ins Haus rein. Ich entdecke meinen Vater im Wohnzimmer. Er sitzt auf dem Sofa und schaut einen Weihnachtsfilm, der im Fernseher läuft. Als er mich sieht, versucht er aufzustehen, um mich zu begrüßen.
„Philippe, bleib sitzen.", sage ich.
Mein Vater hat Probleme mit den Knien. Das Laufen und Aufstehen fallen ihm schwer. Er braucht dabei Hilfe.
Ich gehe zu ihm und drücke ihm Küsschen auf beiden Wangen. Seine Augen leuchten erfreut, als ich mich zu ihm setze und über Alltägliches plaudere. Auch ich habe, während wir miteinander sprechen, einen Kloß im Hals. Philippe und ich haben uns so viel zu erzählen. Doch das Thema „Jürgen" vermeiden wir beide gekonnt.
Während wir plaudern, sehe ich mich im Wohnzimmer um. Nichts hat sich geändert. Alles steht wie gewohnt an seinem alten Platz: Der Fernseher, die zwei großen Schränke, die Deko und sogar der Weihnachtsbaum steht in der gleichen Ecke wie jedes Jahr. Es ist ein kleines, aber gemütliches Wohnzimmer.
Ich weiß nicht, wie lange ich mit meinem Vater in

Wohnzimmer sitze und quatsche. Doch als ich Julie in der Küche herumhantieren höre, fällt mir ein, dass ich ihr besser zur Hand gehen sollte.
„*Papa.*", sage ich und stehe dabei auf. „Ich schaue mal nach Julie. *À toute suite!*"
Wir reden alle drei ein Gemisch aus Französisch und Deutsch.
„Ist alles okay?", erkundige ich mich, sobald ich die Küche betrete. Julie ist dabei französische *biscuits* zu backen.
„Lass mich dir helfen."
Ich wasche meine Hände und dränge ihr meine Hilfe auf. Dann sitzen wir beide über den Teig gebeugt und versuchen gleichmäßig runde Kekse zu formen, auf denen jeweils eine Mandel platziert wird.
„Julie." Ich fange ihren Blick auf. „Bitte mach dir keine Umstände. Ich möchte einfach nur Zeit mit euch verbringen."
„*Je sais.*" Julie sieht mich kurz an. „Aber wie du weißt, gibt es für mich kein Weihnachten ohne leckere Kekse."
„Okay.", lenke ich ein. Ich weiß, dass sie die nächsten Stunden noch in der Küche herumhantieren wird, um ein Festmahl zuzubereiten. Ich kann es ihr nicht ausreden. kann. Also helfe ich ihr, so gut ich kann.

Wenn ich Julie ansehe, ist es so, als ob ich in die Zukunft blicken würde. Wir sehen uns ähnlich. In Laufe der letzten Jahre hat meine Mutter zwar etwas an Gewicht zugelegt. Dennoch hat Julie sich gut gehalten und ist nach wie vor hübsch. Aber ihre Schönheit liegt nicht nur an ihr Äußeres. Es ist vor allem ihre elegante Art, die sie anziehend wirken lässt. Julie lässt sich nie dazu verleiten laut zu werden, herumzuschreien und die Kontrolle über sich zu verlieren. Sie bewahrt bei allem was sie tut ihre Eleganz bei. Ich bin längst nicht so geduldig wie sie.

Wir bereiten ein mehr-gängiges Menü zum Abendessen vor. Obwohl viel Arbeit ansteht, haben wir jede Menge Spaß. Julie macht Musik an, wir reißen Witze, lachen und trinken dabei zwei Flaschen Cuvée Rotwein leer. Zwei Mal schaut Philippe in der Küche vorbei. Ich glaube, er fühlt sich etwas ausgeschlossen.

Auch das Abendessen verläuft sehr fröhlich. Mehr als drei Stunden sitzen wir am Esstisch, trinken viel Wein und lachen bis uns die Tränen kommen. Den letzten Gang schafft keiner von uns. Schade um den leckeren *Crème Caramel*!

Die heitere Stimmung und der Wein lassen mich meine Probleme vergessen. Der Stress und der Kummer der letzten Tage und Wochen fallen von mir ab. Ich bin ich vollkommen entspannt und fühle mich pudelwohl. An diesem Abend schlafe ich zum ersten Mal seit langem sofort ein.

Am zweiten Weihnachtstag beschließen Julie und ich einen ausgedehnten Spaziergang zu machen. Da Philippe das Laufen schwerfällt und es ihm draußen ohnehin viel zu kalt ist, bleibt er lieber daheim.

Zuerst reden Julie und ich über belangloses. Als wir aber den Stadtpark erreichen, wird Julie plötzlich ernst.

„*Catherine*.", beginnt sie und sieht mich von der Seite an. „Ich spüre, dass du etwas auf den Herzen trägst. Was ist los?"

Ich muss hart schlucken. Irgendwie hätte ich nicht gedacht, dass meine Mutter das Thema so offen angehen würde. Mir fehlen auf einmal die Worte. Wo soll ich anfangen?

„Julie, zuerst möchte ich mich bei *papa* und dir entschuldigen.", sage ich etwas niedergeschlagen. „Es war nicht richtig von mir, mich in dem Streit zwischen Jürgen und dir einzumischen. Aber Jürgen hat von mir verlangt, Farbe zu bekennen und mich auf seine Seite zu stellen. Er hat mir ständig damit in den Ohren gelegen, wie schlecht du ihn behandeln würdest. Ich war nicht immer dabei und weiß nicht, was genau vorgefallen ist zwischen euch. Aber letztendlich war ich gezwungen, Jürgens Wunsch nachzugeben, damit er endlich Ruhe gab. Es tut mir wirklich leid."

Meine Entschuldigung klingt scheinheilig in meinen eigenen Ohren. Doch es ist die Wahrheit.

„Ich weiß, *chérie*. Ich mache dir deswegen auch keine Vorwürfe.", versichert mir Julie.

Außer uns sind noch zwei weitere Familien an diesem kalten Weihnachtsmorgen im Stadtpark. Wir kommen an einem zugefrorenen Teich vorbei. Ein paar Kinder fahren darauf Schlittschuh. Ich sehe ihnen zu und muss unwillkürlich an Lukas und Cédric denken.

„Und? Gibt er denn wenigstens Ruhe?", bohrt Julie.

„Wie?" Einen Moment lang bin ich etwas verwirrt. Dann fällt mir ein, dass sie Jürgen meint.

„Hm, ich denke, er war zufrieden, als ich mich bei dem Streit auf seine Seite geschlagen habe."

„Das war nicht meine Frage, Catherine." Julie sieht mich eindringlich an. „Hast du denn jetzt deine Ruhe?"

Ich schweige. Es ist so viel passiert in den letzten Monaten. Mein Leben wurde komplett umgekrempelt.

„Catherine, sprich mit mir."

„Ich liebe einen anderen Mann.", höre ich mich plötzlich sagen. Die Wörter sind raus, bevor ich es mir überhaupt überlegen kann. Julies Blick durchbohrt mich geradezu.

„Es tut mir so leid.", hauche ich.

„*Mais pourquoi?* Du brauchst dich nicht dafür zu entschuldigen, dass du jemanden liebst."

Verwundert blicke ich sie an. Meint sie das ernst?
„Ich liebe einen anderen Mann als Jürgen.", wiederhole ich, um sicherzugehen, dass Julie mich richtig verstanden hat.
„Ich habe dich schon verstanden. Aber warum entschuldigst du dich dafür?"
„*Mais maman.* Ich bin seit mehr als sechzehn Jahren mit Jürgen verheiratet. Und du sagst, es ist in Ordnung, dass ich jemand anderes liebe?"
„Man sucht sich nicht aus, in wen man sich verliebt.", zuckt Julie mit den Schultern.
Ich bin völlig baff. Ich hatte erwartet, dass meine Mutter mir eine Standpauke halten würde und mir sagen würde, dass ich gefälligst zu Jürgen zurückzukehren habe.
Wir laufen eine Weile schweigend nebeneinander her. Jede hängt ihren eigenen Gedanken nach. Ich schiebe meine Fäuste tiefer in meine Manteltaschen, um mich etwas aufzuwärmen.
„Hör zu.", beginnt Julie nach einer Weile. „Ich will dich nicht beunruhigen. Aber ehrlich gesagt hatte ich damit gerechnet. Du warst erst dreiundzwanzig Jahre alt, als du geheiratet hast. Und wie du dich sicherlich erinnerst, waren dein Vater und ich damals dagegen, dass du so früh heiratest. Das lag nicht daran, weil wir Jürgen für unwürdig hielten, sondern viel mehr an dir. Du warst noch so jung und das neue Leben als Studentin war schwer für dich. Catherine, du hast dich im Studentenwohnheim nicht wohlgefühlt. Zudem hast du ständig an dir und deiner Studienwahl gezweifelt. Ich denke, du hast nach Halt im Leben gesucht. Und da kam Jürgen zufällig genau zur richtigen Zeit. Er war im Leben viel weiter als du."
Julie greift in meine Manteltasche und verschränkt ihre Finger mit meine.

„Du warst einfach unreif. Und ich hätte mir gewünscht, dass du dir mehr Zeit genommen hättest, um dich persönlich zu entfalten, bevor du heiratest. Ich wollte, dass du zuerst zu einer selbstständigen Frau heranwächst, bevor du so eine wichtige Entscheidung triffst. Aber du wolltest nicht. Du hast an Jürgen gehangen und für dich stand fest, dass er der Richtige ist. Was konnten Philippe und ich schon dagegen machen?"

Julies Worte treffen mich wie eine Feuerkugel. Tief in meinem Inneren weiß ich jedoch, dass sie Recht hat. Sie hatte das alles also vorher kommen sehen.

Ich spüre, wie meine Augen feucht werden und kämpfe gegen die aufsteigenden Tränen an. In diesem Moment komme ich mir verdammt verloren vor.

„Ich weiß, dass das hart ist.", fährt Julie fort. „Doch es bringt nichts, wenn ich dir Honig um den Mund schmiere. Zu allem Überfluss bist du schon kurz nach der Hochzeit schwanger geworden. Ich hatte immer gehofft, dass ihr wenigstens mit dem Kinderkriegen etwas wartet. Doch mit vierundzwanzig hast du Lukas bekommen und zwei Jahre später Cédric. Versteh mich bitte nicht falsch. Ich liebe Lukas und Cédric über alles und bin froh, dass die beiden da sind. Aber ich bin überzeugt, dass es anders gekommen wäre, wenn du dir selbst etwas mehr Zeit gegeben hättest. Bei Jürgen war das anders. Er war dir in vielen Hinsichten schon voraus, denn er wusste, was er wollte. Du nicht."

„Ich weiß.", stammle ich mit zerbrechlicher Stimme. Ich fühle mich leer. Julie versucht nur, mir die Augen zu öffnen. Dennoch ist die Wahrheit bitter.

„Und trotzdem hatte ich gehofft, dass es gut gehen würde. Ich hoffte, dass eure Liebe halten würde.", haucht Julie.

„Es tut mir so l ..."

„Hör auf dich zu entschuldigen. Sag mir lieber, was genau vorgefallen ist. Weiß Jürgen, dass du jemand anderen liebst?", unterbricht sie mich.

„Ja. " Ich hole tief Luft. „Jürgen weiß, dass es jemand anderen gibt. Er weiß auch, dass ich ihm fremdgehe."

Da zieht Julie überrascht die Brauen hoch. „*Mon Dieu!*" Damit ist das Eis endgültig gebrochen. Ich beschließe, mich Julie komplett anzuvertrauen. Mir alles von der Seele zu reden.

„Ich liebe Jürgen nicht mehr. Und wenn ich ehrlich bin, ist das nicht erst seit Kurzem so. Unsere Ehe hat sich im Laufe der Jahre sehr verändert. Zwischen Jürgen und mir gibt es keine Zweisamkeit, keine Romantik, keine schönen Worte, geschweige denn Liebe mehr. Ich habe das Gefühl, dass sich unsere Ehe nur noch um den Alltag dreht. Es geht nur darum, zu organisieren, wann die Kinder abgeholt werden müssen, die Hausaufgaben zu kontrollieren, genügend einzukaufen, zu überlegen, was ich koche, den Garten zu pflegen und so weiter. Ich weiß, es klingt bescheuert und egoistisch. Doch ich frage mich oft, wann Zeit für *mich* und meine Bedürfnisse bleibt?"

Ich lege eine kurze Pause ein, bevor ich weiterspreche.

„Weißt du, ich habe immer mehr das Gefühl, dass Jürgen nur noch körperlich bei mir und den Kindern anwesend ist. Mit seinen Gedanken ist er immer bei seinen Forschungen und seiner Arbeit. Lukas, Cédric und ich sind für ihn selbstverständlich geworden. Seine Familie interessiert ihn nicht. Er ist in seiner eigenen, irren Welt gefangen. Teilweise habe ich das Gefühl, er verliert den Bezug zur Wirklichkeit."

„Wie meinst du das?", fragt Julie verwundert.

„Lass es mich so beschreiben: Für Jürgen gibt es zwei Welten. Die Eine ist die Welt der Mathematik und die Andere ist die reale Welt. Die Mathematikwelt ist nicht real. Sie existiert nur in Gedanken und auf Papier. Im Grunde ist sie wie ein Spiel, für das es bestimmte Spielregeln gibt. Verstehst du mich?"

„Ich glaube schon.", antwortet Julie nachdenklich. „Du vergleichst die Mathematik zum Beispiel mit einem Videospiel. Es existiert zwar und hat eigene Regeln, aber nur auf einer bestimmten, surrealen Ebene und nicht in der realen Welt."

„Ganz genau.", nicke ich zustimmend. „Nur dass die Mathematik nicht bloß ein Spiel ist, sondern viel mehr. Sie *ist* eine nicht- reale Welt. Und Jürgen flüchtet sich immer öfter in diese Welt, anstatt bei uns zu sein. Er lässt sich immer mehr gehen. Zum Beispiel trägt er das gleiche Hemd mehrere Tage hintereinander, obwohl ich ihm immer frische Kleidung hinlege. Jürgen ist so sehr in seiner Mathematikwelt gefangen, dass er nicht bloß verpeilt ist, sondern es wird auch immer schwerer, an ihn heranzukommen."

„Ich verstehe."

„Für mich wird es irgendwann unmöglich sein, an ihn heranzukommen."

„Hast du denn mit ihm gesprochen?"

„Oh, du glaubst nicht, wie oft!", seufze ich. „Ich habe alles versucht, um ihm meine Sicht zu schildern. Ich habe ihn gebeten, dass wir zu zweit an unserer Ehe arbeiten. Doch er blockt immer ab. Jürgen versteht mich einfach nicht. Ich glaube, er will mich auch nicht verstehen."

„Na ja, um eine Ehe wieder geradezubiegen, gehören immer zwei dazu. Und wenn du ihm fremdgehst, ist es kein Wunder, dass es nicht funktioniert.", entgegnet Julie.

„Auf wessen Seite bist du eigentlich?"

„Ich bin bloß ehrlich. Ich kann verstehen, dass dich sein Verhalten unglücklich macht, aber …"

„Wenn ich mich nicht täusche, warst du diejenige, die mir

gesagt hat, dass ich mich nicht dafür zu entschuldigen brauche, dass ich jemand anderen liebe.", werfe ich ein.

„*Oui, c'est vrai.* Aber ich erwarte von dir, dass du wenigstens ehrlich mit dir selbst bist."

Sie bleibt abrupt stehen.

„Hör auf, dir etwas vorzumachen, Catherine. Du kannst nicht deine Ehe retten und gleichzeitig fremdgehen. Dass es mit euch nicht klappt, ist nicht allein Jürgens Schuld."

„Meine Affäre geht nur seit ein paar Monaten. Doch wir hatten schon davor Probleme gehabt. Und zwar jahrelang."

„Du brauchst dich vor mir nicht zu rechtfertigen.", entgegnet Julie. „Ich kenne Jürgen. Und ich kann verstehen, was in dir vorgegangen sein muss und was dich letztendlich dazu getrieben hat, ihn zu betrügen. Du bist frustriert, dass deine Wünsche auf taube Ohren stoßen. Doch ich kann auch Jürgen verstehen. Jeder Mann fühlt sich in seiner Ehre gekränkt, wenn seine Frau ihm fremdgeht."

Ich fahre mir verzweifelt durch die Haare.

„Was soll ich machen?"

„Du musst dich entscheiden, *chérie.*", antwortet Julie wie aus der Pistole geschossen. „Entweder gibst du eurer Ehe noch eine Chance. Aber dann musst du deine Affäre beenden. Du und Jürgen, ihr müsst euch aussprechen und gemeinsam nach Lösungen suchen. Und ich warne dich schon mal vor: Es wird nicht einfach. Denn, das Vertrauen zwischen euch ist gebrochen. Es wird lange dauern, bis eine Situation eintrifft, mit der ihr beide zufrieden seid. Die andere Möglichkeit ist, eure Ehe aufzugeben."

Stille. Wir blicken uns nachdenklich an.

„Erzähl mir doch mehr von dem anderen Mann in deinem Leben."

Ich räuspere mich. „Er heißt Michael und wir sind Arbeitskollegen. Eigentlich kenne ich ihn schon länger. Jürgen kennt ihn übrigens auch. Er hat ihn ein paar Mal auf Firmenfeiern getroffen. Ehrlich gesagt hat sich die Affäre völlig überraschend entwickelt. Ich war gar nicht auf der Suche nach einem neuen Mann. Es hat sich einfach ergeben. Am Anfang war es nur eine belanglose Affäre. Doch mit der Zeit haben Micha und ich Gefühle füreinander entwickelt. Wir lieben uns."

„Micha also.", wiederholt Julie schmunzelnd. „Wo ist er jetzt?"

„Er verbringt die Betriebsferien bei seiner Familie."

„Ihr schreibt euch aber?"

„Ja, jeden Tag. Er hat mir gestern Bilder von seiner Familie am Heiligabend geschickt."

Julie nickt.

„Wie hat Jürgen von deiner Affäre erfahren?"

„Das ist mir auch schleierhaft. Vielleicht ist er mir mit dem Auto gefolgt, weil er Verdacht geschöpft hat. Jedenfalls stand er vor etwa zwei Wochen vor Michas Haus, als ich gerade bei ihm war. Du glaubst nicht, wie schockierend das war."

„Das glaube ich gern. Und wie ging es dann weiter?", bohrt Julie.

„Na ja, ich habe zum Glück verhindern können, dass Micha und Jürgen sich gegenseitig an den Kragen gehen. Dann bin ich mit Jürgen auch Hause gefahren. Seitdem ist alles nur schlimmer geworden."

Ich sehe Julie in die Augen.

„Ich fühle mich in meinem eigenen Haus nicht mehr wohl. Zwischen Jürgen und mir herrscht so was wie ein kalter Krieg. Vor den Kindern versuchen wir zwar den Schein aufrechtzuerhalten. Doch das kann jeder Zeit kippen. Es ist wie ein Schlachtfeld. Man weiß nie, wo als

nächstes eine Bombe hochgehen wird."
Da wird Julie hellhörig. „Ist denn etwas Konkretes vorgefallen?"
„Nein.", lüge ich.
„Catherine, hör auf damit. Sag mir, was passiert ist." Julie kennt mich einfach zu gut.
„Na schön. An unserem letzten Arbeitstag sind Micha und ich nach Feierabend zu ihm nach Hause gefahren. Es war die letzte Gelegenheit, vor Weihnachten Zeit miteinander zu verbringen. Ich habe die Nacht bei Micha verbracht. Ich weiß, dass war nicht richtig … Jedenfalls hat mich Jürgen am nächsten Tag schon daheim erwartet. Er … er hat mich gegen den Kleiderschrank geschmettert und erst dann losgelassen, als Lukas ins Zimmer kam. Seitdem sieht mich Lukas die ganze Zeit komisch an. Er hat Angst um mich und ist noch stiller als sonst."
Meine Stimme bricht ab und ich warte einen Moment, bis ich weitererzähle.
„Am Heiligabend haben Jürgens Eltern uns besucht. Herbert und Anita wissen nichts von unseren Eheproblemen. Jürgen hat sich darüber geärgert, dass seine Eltern sich gut mit mir verstehen. Später, als wir uns schlafen legen wollten, meinte er, dass ich versuchen würde, mich einzuschleimen. Dann wollte er Sex. Aber nicht auf die Art, wie ein Mann normalerweise mit seiner Ehefrau schlafen will. Er hat es vielmehr eingefordert. Ich habe ihm dann gedroht, dass ich seine Eltern aufwecke, wenn er mich nicht in Ruhe lässt."
Ich lasse meinen Blick in die Ferne schweifen.
„Seit Jürgen von der Affäre weiß, nennt er mich ständig ‚Hure' und ‚Schlampe'. Außerdem lässt er keine Gelegenheit aus, um mich mit abfälligen Kommentaren herunterzumachen. Ich habe Angst, zu lächeln, weil er mich sofort hasserfüllt anstarrt. Ich habe Angst zu reden,

weil Jürgen nur darauf wartet, dass ich den Mund aufmache. Ich habe Angst, neben ihm einzuschlafen, weil er mich ... im Schlaf vielleicht vergewaltigt. Ich habe immer und überall Angst vor Jürgen. Selbst jetzt bekomme ich sein Gesicht nicht aus meinen Gedanken. Ich frage mich, was er den Kindern und seinen Eltern erzählt. Er ist so unberechenbar. Man weiß nie, was er als nächstes tun wird. Ich kann nur beten, dass Jürgen nicht die Kontrolle verliert und das Ganze eskaliert."

Als Julie schweigt, blicke ich ihr prüfend in die Augen. Sie ist sichtlich ergriffen. Dann schlingt sie die Arme um mich und drückt mich an sich.

„*Chérie.*", höre ich Julie an meinem Ohr flüstern. „Warum hast du nichts gesagt?"

„Weil ich dich nicht beunruhigen wollte."

„Zum Teufel mit deiner Rücksicht!"

Sie sieht mich eindringlich an.

„Du musst weg von Jürgen. Du kannst auf keinen Fall mehr zu ihn zurück. Mensch, das sind Anfänge von häuslicher Gewalt. Wenn du zu ihm zurückkehrst, wird es nur schlimmer werden. Er wird dich irgendwann windelweich prügeln und nach Lust und Laune vergewaltigen."

Ihre Worte erschüttern mich. Jürgen als gewalttätiger Vergewaltiger? Hat Julie Recht? Wird es wirklich irgendwann soweit kommen?

„Aber was ist mit Lukas und Cédric? Ich kann sie doch nicht einfach Jürgen überlassen.", wende ich ein.

„Wer sagt, dass du sie ihm überlassen sollst? Ihr teilt euch das Sorgerecht. Oder noch besser wäre: Du überzeugst den Richter, dass Jürgen einen Hang zur Gewalttätigkeit hat und beantragst das alleinige Sorgerecht."

„Ich kann nicht. Ich kann das Lukas und Cédric nicht

antun. Die Scheidung und die Aufteilung des Sorgerechts würden sie zerreißen. Sie sind noch so jung. Ich will es ihnen ersparen."

„Catherine, sei nicht dumm.", entgegnet Julie entschlossen. „Glaub mir, ich würde es auch gerne meinen Enkeln ersparen. Doch ich sehe da keinen anderen Weg. Lukas und Cédric sind nicht die einzigen Kinder auf der Welt, deren Eltern sich scheiden lassen würden. Viele Kinder mussten schon da durch und haben es überlebt. Mach dir da nicht so einen Kopf. Du musst jetzt an dich denken. Du *musst* weg von Jürgen."

Ich merke, wie ich unruhig werde. Was soll ich tun? Ich habe Angst davor, was passieren wird. Denn, egal wie ich mich entscheiden werde, es wird nicht nur mein Leben beeinflussen. Mir geht es um meine Kinder. Ich möchte, dass sie glücklich sind.

„Danke, *maman*. Ich werde über deine Worte nachdenken. Versprochen. Aber jetzt lass uns nach Hause gehen. Mir ist kalt und *papa* wundert sich bestimmt, wo wir bleiben.", sage ich und küsse Julie auf die Wange.

Sie hat ihre Aufgabe getan. Jetzt liegt es an mir, eine Entscheidung zu treffen.

7. Kapitel

Das neue Jahr ist schon ein paar Tage alt, als Micha und ich uns endlich wiedersehen.

Ich habe Lukas und Cédric seit Heiligabend nicht mehr gesehen. Wir haben zwar viel telefoniert und sie haben mir beide versichert, dass alles gut ist. Dennoch bin ich beunruhigt und werde das Gefühl nicht los, sie in Stich zu lassen. Aber ich rede mir immer wieder ein, dass zu ihrem Besten ist. Ich will sie nicht in das Chaos hineinziehen, das mich umgibt.
Ich habe meine Entscheidung getroffen. Ich weiß, wie die nächsten Schritte in meinem Leben aussehen sollen. Doch zuvor muss ich mit Micha darüber reden. Schließlich wird es auch ihn betreffen.

Wir vereinbaren, uns im Stadtcafé zu treffen. Es ist das erste Mal, dass wir uns in der Öffentlichkeit treffen. Ich freue mich sehr, Micha wiederzusehen. Aber ich bin auch nervös, denn ich weiß nicht, wie er auf meine Entscheidung reagieren wird.
Als ich das Stadtcafé betrete, sitzt Micha an einem kleinen Tisch am Fenster. Sein Anblick versetzt mir ein Stich ins Herz. Seine Haare sind etwas kürzer als sonst. Sobald unsere Blicke sich kreuzen, grinst er breit und steht auf. Wie ich ihn vermisst habe! Wir küssen und umarmen uns innig. Ich spüre, die neugierigen Blicke der anderen Gäste auf uns. Er legt den Arm um mich, als ich neben ihm Platz nehme.
„Schatz, du glaubst nicht, wie sehr du mir gefehlt hast.", hauche ich.
Wir bestellen heiße Schokolade, halten Händchen und

kichern wie Schulkinder. Mehr als einmal muss ich Micha davon abhalten, mich abzuknutschen.
„Später, Schatz.", flüstere ich.
Als wir schließlich aufstehen, um zu Micha zu fahren, schwebe ich auf Wolke sieben. Ich vergesse sogar beinahe, dass ich ihm etwas Wichtiges mitteilen wollte.

Sobald wir in seiner Wohnung angekommen sind und die Haustür hinter uns ins Schloss fällt, fallen wir auch schon übereinander her. Wir reißen uns gegenseitig die Kleider vom Körper und diesmal trägt mich Micha in sein Schlafzimmer, wo wir miteinander schlafen. Hinterher liege ich glücklich in seinen Armen. Wir kuscheln in seinem großen Bett.
„Ich habe dich schrecklich vermisst, Liebes", murmelt Micha mit geschlossenen Augen.
„Ich dich auch."
Ich drücke ihm einen Kuss auf den Mund. Ist jetzt der richtige Augenblick, um ihn in meine bevorstehenden Pläne einzuweihen? Ich zögere.
„Ist alles in Ordnung? Du bist heute stiller als sonst."
Er hat es also bemerkt.
Ich räuspere mich. „Können wir miteinander reden?"
Micha schlägt die Augen auf. Langsam setzt er sich im Bett auf und schaltet die Lampe auf dem Nachttisch ein. Der Kreuzanhänger an seiner Kette funkelt im schwachen Schein der Lampe.
„Was ist los, Kate?", fragt er besorgt.
„Micha."
Ich greife nach seiner Hand und verschränke meine Finger mit seinen.
„Ich habe in den letzten zwei Wochen viel nachgedacht und bin zu dem Schluss gekommen, Jürgen zu verlassen. Für immer."

Ich blicke ihn prüfend an, um zu sehen, wie er reagiert. Seine grünen Augen leuchten.

„Aber das sind doch tolle Neuigkeiten." Er legt den Arm um mich und drückt mich fest an sich.

„Ich werde die Scheidung und das gemeinsame Sorgerecht beantragen.", fahre ich fort. „Lukas und Cédric sollen aber vorerst in ihrer alten Umgebung wohnen. Ich will es ihnen nicht schwieriger machen, als es schon ist. Nach und nach müssen Jürgen und ich das gemeinsame Haus verkaufen und alles aufteilen. Ich weiß nicht, wie lange das dauern wird. Alles was ich sagen kann, ist, dass es nicht einfach wird. Weder für Jürgen und die Kinder, noch für mich."

Ich vergrabe mein Gesicht an seiner Schulter. Mir graut es vor das, was bevorsteht. So viele offene Fragen stehen bevor: Wie wird Jürgen reagieren, wenn ich ihm mitteile, dass ich mich von ihm scheiden lassen möchte? Wird er sich querstellen? Und wie regeln wir das gemeinsame Sorgerecht? Wann sollen Lukas und Cédric bei mir sein und wann bei Jürgen? Wie werden Lukas und Cédric die Neuigkeit aufnehmen?

Meine größte Angst ist, dass Jürgen seinen Hass auf mich an Lukas und Cédric auslässt. Das darf nie passieren.

„Hey, mach dir keinen Kopf.", versucht Micha mich zu beruhigen. Er streichelt meine Haare.

„Du musst das nicht alleine durchstehen. Ich bin für dich da."

Er nimmt mein Gesicht in seine Hände und zwingt mich, ihn anzusehen.

„Zieh bei mir ein, Liebes. Weißt du, ich habe mich mein ganzes Leben lang nie an eine Frau binden können. Ich hatte Angst davor, mich zu verpflichten. Ich konnte mir nie vorstellen, zu heiraten, eine Familie zu gründen und Vater zu sein. Doch jetzt ist das anders. Wenn ich meine

beiden Schwestern so ansehe, dann weiß ich, was Familienglück ist. Ich liebe dich, Kate. Und ich will dich an meiner Seite haben. Lass uns gemeinsam von vorne anfangen. Was sagst du?"
Ich betrachte ihn nachdenklich. In einem Monat bin ich vierzig. Mit vierzig von vorne anfangen? Irgendwie hatte ich mir mein Leben anders vorgestellt. Normalerweise steht man in diesem Alter schon auf festen Schienen. Aber das Leben ist nun mal nicht vorhersehbar. Eine andere Option habe ich nicht. Ich kann nicht mehr zu Jürgen zurück. Ich liebe ihn nicht. Und das schlimmste ist, dass ich Angst vor ihm habe. Mit ihm zusammenzuleben, würde mich nur unglücklich machen. Für Lukas und Cédric wäre das zwar besser. Aber wie Julie sagte, ich muss an mich denken und an das, was ich will. Es mag egoistisch klingen und ich habe auch Gewissensbisse deswegen. Doch ich denke, dass es auch Lukas und Cédric auf Dauer nicht glücklich machen würde, zu sehen, dass ich unter der Ehe mit Jürgen leide. Ich sollte ich das Ganze wirklich als ein Neuanfang betrachten und das Beste daraus machen.
„Ja, du hast Recht."
„Super!", entgegnet Micha begeistert und beugt sich zu mir runter, um mich auf den Mund zu küssen.
Ich schmiege mich an ihm und wir kuscheln schweigend. Ich fühle mich erleichtert. Micha hat genauso reagiert, wie ich es mir erhofft hatte.
„Was hat dich dazu gebracht, dich zu entschließen, deinen Mann zu verlassen? Du warst doch sonst sehr stur, was dieses Thema anging.", unterbricht Micha meine Gedanken.
„Na ja, es sind bestimmte Ereignisse vorgefallen, die mich dazu gezwungen haben, eine Entscheidung zu fällen. Aber letztendlich war es meine Mutter, Julie, die mir die

Augen geöffnet hat."

„Bestimmte Ereignisse? Was meinst du?", bohrt er nach.

„*Chéri*, ich will darüber nicht reden. Das Wichtigste ist, jetzt an die Zukunft zu denken. Ich liebe dich und ..."

„Kate, sag mir was vorgefallen ist. Wenn du es mir nicht sagst, dann werde ich einen Weg finden, es selbst herauszufinden."

Ich seufze. Hätte ich doch nur den Mund gehalten.

„Am Tag nach unserer gemeinsamen Nacht hatten Jürgen und ich eine kleine Auseinandersetzung. Es war nicht weiter schlimm. Er hat kurz die Nerven verloren und mich gegen den Schrank geschubst." Ich hole tief Luft. „Doch das ist jetzt zwei Wochen her und außerdem ..."

„Weißt du eigentlich, was du da tust?", fällt Micha mir ins Wort. „Du nimmst ihn in Schutz."

Er ist aufgebracht.

„Schatz, bitte. Es ist nichts weiter passiert. Lass uns über etwas anderes reden."

„Ich möchte aber genau *darüber* reden.", entgegnet Micha. Er springt vom Bett auf und läuft im Zimmer hin und her. Dass er dabei nackt ist, scheint er gar nicht zu bemerken.

„Was verschweigst du mir sonst noch, hm? Hat er dich vielleicht auch *versehentlich* geschlagen?"

„Nein!"

Das Ganze droht, in einem Streit zu enden. Mir wird schwer ums Herz. Ich stehe vom Bett auf und lege sanft meine Hände auf seine Brust.

„Sieh mich an, Schatz. Mir geht es gut, okay?"

Doch so leicht lässt Micha sich nicht umstimmen. „Was verschweigst du mir noch? Sag bloß, du hast noch Gefühle für deinen Mann. Wahrscheinlich ist das auch der Grund, weshalb du versuchst, ihn zu schützen."

Ich bin schockiert. Seine Worte treffen mich hart. Härter,

als er denkt. Am liebsten würde ich ihn anschreien: Was fällt dir ein? Ich will meinen Mann verlassen, um bei *dir* zu sein, du Idiot! Doch ich kann nicht sprechen. Kein Laut kommt über meine Lippen. Der Kloß in meinem Hals ist zu groß. Da packt Micha mich an den Schultern und schüttelt sie.
„Erzähl mir alles, was vorgefallen ist."
Damit hat er mich. Mit zittriger Stimme und unter Tränen berichte ich ihm, wie Jürgen mich im Schlafzimmer am Hals gepackt und gegen den Schrank geschleudert hat.
„Als ob das nicht schon schlimm genug wäre, hat Lukas uns von der Tür aus zugesehen."
Ich erzähle ihm auch vom Heiligabend. Davon, dass Jürgen von mir verlangt hat, mit ihm zu schlafen.
„Und, hast du?", fragt Micha mit dünner Stimme.
„Nein! Wie kannst du mich das nur fragen? Ich habe Angst vor ihm.", fauche ich.
 Als ich aufhöre zu sprechen, ist mein Gesicht ganz nass.
„Kate.", flüstert Micha ergriffen. „Warum hast du mir nichts von all dem gesagt?"
Er legt die Arme um mich und zieht mich an sich. Ich vergrabe mein Gesicht an seiner Brust, während er mir den Rücken streichelt.
„Ich denke", beginnt Micha nach einer Weile. „Du hast die richtige Entscheidung getroffen. Lass uns zu dir nach Hause fahren und deine Sachen packen. Du kannst keinen weiteren Tag mehr dort verbringen. Wenn du bei ihm bleibst, kann dich niemand vor ihm beschützen."
Micha nennt Jürgen nie beim Namen. Ich wische mir die Tränen weg.
„Ich hatte auch vor, heute noch mit Jürgen zu reden. Doch ich wollte meine Entscheidung zuerst mit dir besprechen." Ich sehe Micha wütend an. „Und unterstelle mir nie wieder, Gefühle für Jürgen zu haben! Ist das

klar?"
„Es tut mir leid, *chérie*. Ich habe nicht nachgedacht." Er sieht mich niedergeschlagen an. „Ich schätze, ich hatte einfach Angst, dass du noch etwas für deinen Mann empfindest. Weißt du, das Ganze ist auch für mich nicht leicht."
Sofort werde ich weich.
„Danke, dass du mir beistehst. Ohne dich hätte ich nicht die Kraft, Jürgen zu verlassen.", sage ich versöhnlich.
„Das ist doch selbstverständlich, Liebes. Dafür musst du dich nicht bedanken." Micha küsst mich auf die Wange. „Lass mich dabei sein, wenn du mit ihm …"
„Nein!", entgegne ich entschlossen. „Du kannst mitkommen. Aber du musst mir versprechen, dass du im Auto auf mich wartest. Ich will nicht, dass du mit reinkommst. Lukas und Cédric sind da. Und außerdem wird Jürgen bei deinem Anblick toben. Ich werde alleine mit ihm reden."
Ein paar Sekunden lang starren wir uns schweigend an. Schließlich gibt Micha nach.
„Okay, ich warte im Auto auf dich."
„Versprochen?"
„Versprochen!"
„Gut, dann lass uns gleich losgehen."
Ich will nicht noch länger damit warten, mit Jürgen zu reden. Schon seit Tagen habe ich mir meine Worte zurechtgelegt und versucht, mir all seine Reaktionen auszumalen. Ich habe mich auf alles gefasst gemacht. Jetzt will ich nur noch eins: Das Gespräch hinter mir bringen. Meine Finger zittern vor Aufregung, während ich mich anziehe.
Ich bin noch in Gedanken versunken, als ich mich auf den Beifahrersitz im Auto setze. Micha nehme ich kaum wahr. Er tut mir etwas leid. Er versucht sein Bestes, um mich zu

unterstützen. Doch alles woran ich denken kann, ist das Ausmaß meiner Entscheidung. Ich werde vieles verlieren: Das Haus, mein Auto, das auf Jürgens Namen läuft, vielleicht werden sich Freunde von mir abwenden. Aber das ist mir egal. Ich will nur, die Gunst meiner Kinder gewinnen und sie glücklich sehen.

„Liebes." Micha streichelt meine Hand. „Es wird alles gut. Denk daran, es ist ein Neuanfang. Wir werden alles gemeinsam durchstehen."

Er legt seine Hand auf meinen Schoß.

„Danke.", murmle ich.

Stille bereitet sich aus. Wir fahren eine Weile, als ich ihn plötzlich sagen höre: „Ein Neuanfang mit einem Baby."

Was?! Ich starre Micha entgeistert an. Habe ich mich gerade verhört? Er schaut vielsagend zurück.

„Ich meine, denk doch mal nach, du bist noch keine vierzig. Und ich will Vater sein."

Er spricht ruhig und heftet dabei seinen Blick aus der Windschutzscheibe.

„Wir wollen doch ein neues Kapitel in unserem Leben beginnen. Warum nicht mit einem Baby? Ich meine, was spricht dagegen?"

„Ich ... ich weiß nicht.", stammle ich. „Erstmal muss ich das Chaos in meinem Leben in Griff kriegen, danach können wir über ein gemeinsames Kind reden."

Ich bin wütend auf Micha. Wie kann er ausgerechnet jetzt über ein Kind nachdenken? Doch ich will mit ihm nicht darüber diskutieren. Nicht jetzt, wo ich ohnehin so angespannt bin.

„Okay."

Micha blickt mich von der Seite an. Ich richte meinen Blick stur geradeaus. Den Rest der Fahrt verbringen wir schweigend. Je näher wir kommen, desto nervöser werde ich. Ich dirigiere Micha zu meinem Haus und er hält auf der gegenüberliegenden Straßenseite an. Ich recke den Hals, doch Jürgens BMW ist nirgends zu sehen. Die Auffahrt ist leer.

„Schatz, ich kann nicht genau sagen, wie lange ich weg bin. Doch du musst nicht hier auf mich warten. Fahr ruhig etwas in der Gegend herum. Ein paar Straßen weiter gibt es ein Kaffeehaus, wo du leckeren Kuchen …"

„Ich werde nicht weggehen.", unterbricht mich Micha. „Ich warte hier auf dich. Und falls du mich brauchst, ruf mich sofort an, okay?"

„Okay.", nicke ich.

Wir sehen uns schweigend an. Ich bin sehr nervös. Dann schnelle ich nach vorne und presse meine Lippen grob auf seine. Micha zuckt überrascht zurück. Bevor er etwas sagen kann, steige ich aus dem Auto und laufe zum Haus.

„Hallo, ich bin wieder da.", rufe ich laut sobald ich im Flur stehe. Als mir niemand antwortet, steige ich die Treppen hinauf in den ersten Stock. Die Stille im Haus ist geradezu unerträglich. War es immer so still? Ich weiß es nicht.

Ich klopfe zuerst an Cédrics Zimmer. Als niemand antwortet, öffne ich die Tür und finde sein Zimmer leer vor. Die Schule beginnt morgen wieder. Vielleicht ist Cédric ja bei einem Freund, um den letzten Ferientag zum Spielen zu nutzen? Ich sehe mich flüchtig in seinem Zimmer um. Wie eh und je herrscht Chaos. Dann verlasse ich das Zimmer wieder und klopfe bei Lukas an. Er sitzt mit Kopfhörern in den Ohren vor dem PC und starrt auf den Bildschirm. Als ich nähertrete, dreht er sich erschrocken um.

„Mutter?", fragt er verwundert und nimmt die Kopfhörer ab. „Was machst du hier?"

Mir rutscht das Herz in die Hose. Das ist nicht die Begrüßung, die ich erwartet hatte. Hat er mich denn gar nicht vermisst? Doch ich versuche, mir nichts davon anmerken zu lassen.

„Hallo Schatz." Ich trete hinter ihn und schlinge die Arme um seinen Hals. „Schön, dass es dir gut geht. Wo ist Cédric?"

Ich spüre, dass Lukas sich nur widerwillig von mir in den Arm nehmen lässt.

„Cédric ist beim Fußballtraining.", antwortet er kurz angebunden.

„Heute? Sonntags hat er doch nie Training."

„Was weiß ich."

„Okay." Ich lasse von ihm ab. „Und wo ist ... dein Vater?"

Da dreht Lukas sich zu mir um. Ich kann sein Blick nicht ganz deuten.

„Wieso fragst du ihn nicht selbst? Er ist *dein* Ehemann."

„Schön!", entgegne ich pampig. „Wirklich großartig, wie du deine Mutter nach zwei Wochen begrüßt. Offenbar konnte ich dir in fünfzehn Jahren noch nicht beibringen, wie man mit seinen Eltern spricht. Du brauchst nicht auf mich zuzukommen, falls du irgendein Problem hast."

Dann drehe ich mich auf Absatz um und knalle die Zimmertür hinter mir fest zu. Mensch, wie ich das satthabe! Pubertät hin oder her. Cédric ist schließlich auch ein Teenager und benimmt sich nicht mal halb so unhöflich wie Lukas. Ich bin wütend und betroffen. *So hatte ich mir das Wiedersehen mit meinem Sohn nicht vorgestellt.*

Ich betrete das Schlafzimmer und finde es leer vor. Jürgen muss weggefahren sein. Beim Anblick des Ehebetts kommen viele Erinnerungen in mir hoch: Wie Jürgen und ich Sex hatten, wie er sich in den Schlaf geweint hat, als er vom Tod seiner Schwester erfahren hat, wie wir über alles Mögliche diskutiert haben und wie er mit mir schlafen wollte am Heiligabend. *Jetzt zier dich nicht so. Micha darf doch auch ran!* Seine Stimme hallt in meinen

Gedanken wider. Ich schüttle den Kopf, um die Erinnerungen loszuwerden. Es ist besser, in der Küche auf ihn zu warten.

Das erste, was mir ins Auge sticht, sobald ich die Küche betrete, ist das schmutzige Geschirr, das sich stapelt. Sofort überkommt mich der Ordnungsdrang und ich räume alles in die Geschirrspülmaschine. Als die Arbeitsplatte aufgeräumt ist, wische ich mit einem feuchten Tuch drüber. Wie sehr ich dieses Haus und die Küche liebe, denke ich betrübt.

Jürgen und ich haben lange gebraucht, um unser Traumhaus zu finden. Wir haben alles nach unseren Vorstellungen gestaltet: Die Tapete, das Parkett, die Haustür, die Möbel, die Deko. Einfach alles. Inzwischen wohnen wir seit zehn Jahren hier. Ich habe unzählige Erinnerungen an diesem Haus. Lukas und Cédric sind hier aufgewachsen. Als sie klein waren, habe ich oft aus dem Fenster gesehen, um den beiden beim Spielen zuzuschauen. Wie fröhlich und unbeschwert sie damals waren! Ich kann mich gut daran erinnern, wie Lukas und Cédric einander mit Wasserpistolen gejagt haben, mit dem Dreirad im Garten herumgefahren sind, mit Straßenkreide die Auffahrt vollgeschmiert haben und es nie leid waren, ins Haus zu rennen, um mich nach Limonade oder etwas Süßem zu fragen.

Im Winter haben wir abends mit einer Tasse heiße Schokolade oft im Wohnzimmer gesessen, wo ich ihnen Märchen erzählt habe. Lukas und Cédric haben mir mit großen Augen aufmerksam zugehört und Fragen gestellt, wenn ihnen etwas nicht klar war. Sie wollten alles bis ins kleinste Detail wissen.

Eine Träne rollt mir über die Wange. Dieses Haus

bedeutet mir so viel. Es ist ein Schatz voller Erinnerungen. Mein Zuhause. Vielleicht wird es auch immer ein Stück weit mein Zuhause bleiben. Micha wird vermutlich nie verstehen können, warum dieser Ort magisch ist für mich. Doch Erinnerungen verschwinden nicht einfach. Sie sind da. Auch wenn sie verblassen, können sie dennoch zum Leben erweckt werden und mich durch das Leben begleiten. Sie sind ein Teil von mir. Egal, was die Zukunft mit sich bringt, niemand kann mir all die schönen Erinnerungen wegnehmen.

Ich nehme einen Schluck von meinem Kaffee. Meine Hand zittert, als die die Tasse abstelle. Bin ich wirklich bereit, mein Zuhause zu verlassen? Meinen Moment lang bin ich mir nicht sicher. Doch da fällt mir Jürgen ein. Jürgen hat mein Zuhause in ein Schlachtfeld verwandelt. Der Ort, an dem ich meine Kinder aufwachsen sah und mich immer geborgen gefühlt habe, existiert nicht mehr. Denn an diesem Ort herrscht jetzt kalter Krieg. Das macht mich wütend.
In diesem Moment höre ich, wie jemand die Küche betritt. Als Jürgen mich erblickt, hält er in seiner Bewegung inne.
„Jürgen, ich bin hier, weil wir reden müssen", beginne ich ohne Umschweife. „Wenn du Kaffee willst, nimm dir eine Tasse. Ich habe gerade frischen Kaffee gebrüht."
Er mustert mich skeptisch, bevor er sich eine Tasse einschenkt. Kurz darauf sitzen wir uns mit zwei dampfenden Tassen Kaffee am Küchentisch gegenüber.
„Wie verlief Weihnachten, nachdem ich weg war?", presse ich hervor.
„Es war eigentlich wie immer. Wir sind in die Kirche gegangen, haben einen Spaziergang gemacht und meine Mutter hat uns gut bekocht."

Jürgen zuckt desinteressiert mit den Schultern, während ich mit aller Mühe versuche, die Bilder vom Heiligabend aus meinem Kopf zu verbannen.
„Und Silvester?"
„Wir waren Zuhause. Cédric hatte ein paar Freunde eingeladen. Um Mitternacht sind wir alle rausgegangen, um Böller anzuzünden. Und du?"
Seit wann interessiert dich das?, denke ich.
„Ich war bei Julie und Philippe. Silvester haben wir recht ruhig verbracht. Philippe ist krank. Ihm fällt das Laufen schwerer als ich gedacht hatte."
Jürgen fixiert mich mit seinem Blick, während er einen Schluck von seinem Kaffee nimmt. Ein unangenehmes Schweigen tritt ein und ich überlege, wie ich das Thema „Scheidung" am besten zur Sprache bringen soll. Unbewusst ringe ich dabei mit den Händen.
„Hast du auch … deinen Lover getroffen?", fragt Jürgen plötzlich.
Aha! Vermutlich hat er sich die letzten zwei Wochen permanent gefragt, ob ich bei Micha bin. Ich mustere ihn nachdenklich, um herauszufinden, wie er gleich reagieren wird, wenn ich ihm meine Entscheidung mitteile. Wird er austicken? Greift er mich wieder an? Wie immer hat Jürgen ein Pokerface. Nur wenige Menschen wissen, welche Wut sich hinter seiner emotionslosen Maske verbirgt.
Ich seufze. Es ist soweit - jetzt schlägt die Stunde der Wahrheit.
„Jürgen, hör zu. Ich habe viel nachgedacht, während ich bei meinen Eltern war. Und ich denke, es ist besser, wenn wir uns scheiden lassen."
Während ich spreche, halte ich mein Blick gesenkt. Ich wage es nicht, ihn anzusehen.
„Du willst also die Scheidung, um mit deinem Lover

zusammen zu sein?", wiederholt er langsam.

„Ja." Ich hebe zögernd den Blick und sehe ihm in die Augen. „Überrascht dich das, nachdem was am Heiligabend vorgefallen ist? Seien wir doch mal ehrlich. Wir wissen beide, dass das mit uns keinen Sinn macht. Oder willst du das leugnen?"

„Von mir aus. Ich habe nur eine Bedingung: Dass die Kinder bei mir bleiben."

Ich rolle mit den Augen. Für wie blöd hält er mich eigentlich? Als ob Jürgen das alleine zu entscheiden hätte!

„Erstens kannst du davon ausgehen, dass ich das gemeinsame Sorgerecht beantragen werde. Und zweitens sind die Kinder groß genug, um selbst zu entscheiden, bei wem sie leben wollen. Du kannst dagegen herzlich wenig ausrichten, mein Lieber."

„Das werden wir noch sehen."

In seinem Blick liegt Kampfeslust. Am liebsten würde ich über den Tisch springen und ihm die Haare büschelweise ausreißen. Einen Moment lang stelle ich mir die Szene bildlich vor. Komm zu dir!, ermahne ich mich selbst. Ich darf mich jetzt nicht von meiner Wut mitreißen lassen.

„Ich will, dass du weißt, dass ich so schnell wie möglich die Scheidung einreichen werde."

Falls ihm die Scheidung mitnimmt, lässt er sich davon nichts anmerken. Vielmehr geht es ihm darum, mir mit meinen Kindern zu drohen. Jürgen weiß genau, womit er mich am meisten verletzen kann. Und es macht ihm Spaß, meine Schwachstelle zu seinem Vorteil auszunutzen und mich damit zu quälen. Ich weiß nur zu gut, warum Jürgen das macht. Er hasst mich, weil er mir die Schuld dafür gibt, dass unsere Ehe kaputt ist. In seiner Vorstellung bin ich die Bösewicht, die ihn verlassen will und damit sein Leben ruiniert. Er sieht sich selbst als

völlig unschuldig an, denn Jürgen ist unfähig sein eigenes Verhalten zu reflektieren und sich seine Fehler einzugestehen. Immer sind die anderen schuld. Ich bin mir sicher, dass er so denkt. Er hat eine völlig vernebelte Wahrnehmung von Tatsachen. Die Fähigkeit, die Dinge objektiv zu betrachten, ist ihm verloren gegangen ist. Und ich bin es satt, ihm klar machen zu müssen, dass an einer gescheiterten Ehe immer beide Parteien schuld sind. Es gibt einen Grund, weshalb ich ihn verlasse, ihn nicht mehr liebe und nicht mehr länger mit ihm zusammenleben kann. Und dieser Grund ist nicht Micha, sondern Jürgen selbst. Doch das wird er nie begreifen.
Ein merkwürdiges Gefühl von Leere erfasst mich und ich kämpfe gegen die aufsteigenden Tränen an. Da meldet sich plötzlich meine innere Stimme: *Pack deine Sachen und geh. Micha wartet draußen auf dich!* Ich vermeide Jürgens Blick, als ich vom Küchentisch aufstehe.
„Es tut mir leid."
Mit schnellen Schritten steige ich die Treppen hinauf in unser Schlafzimmer. Ich fühle mich wie ferngesteuert, als ich nach dem größten Koffer greife und völlig willkürlich Klamotten hineinschmeiße. Dann schnappe ich mir eine Reisetasche, gehe ins Bad und stopfe Schmuck, Toilettenartikel, Parfümflaschen, meinen Bademantel und zwei Handtücher hinein. Ein Teil von mir ist entsetzt darüber, dass ich tatsächlich meine Sachen packe und Lukas und Cédric bei Jürgen zurücklasse. Das ist nur vorübergehend, sage ich mir immer wieder. Ein anderer Teil von mir ist froh, dass ich endlich den Mut gefunden habe, meinem Herzen zu folgen, anstatt darauf zu hören, was andere von mir wollen. Ich muss jetzt an mich denken. Doch ich schwöre mir, Lukas und Cédric so schnell wie möglich zu mir zu holen.
Zehn Minuten später spähe ich mit der schweren Tasche

über der Schulter und dem Koffer in der Hand in die Küche hinein. Jürgen sitzt immer noch am Küchentisch. Er ist wie versteinert. Es ist Zeit, dich zu verabschieden!, denke ich traurig. Dieses Haus und all die schönen Erinnerung, die ich damit verbinde, werde ich hinter mir lassen müssen. Denn, ein neues Kapitel steht an.
„Tschüs!", flüstere ich.
Ich bin mir nicht mal sicher, ob Jürgen mich hört. Dann drehe ich mich um, um mein einstiges Zuhause zu verlassen. Für immer. Sobald die Haustür hinter mir ins Schloss fällt, wird nichts mehr so sein wie vorher. Dieser Gedanke lässt mich kurz zögern. Jede Sekunde, die vergeht, kommt mir vor wie eine Ewigkeit. Mit zittriger Hand greife ich schließlich nach der Türklinke.
Das wars!, denke ich traurig, als ich draußen stehe. Ich kann meine Tränen nicht mehr länger zurückhalten.
Plötzlich steht Micha neben mir und nimmt mich in den Arm.
„Alles gut, Liebes. Ich bin ja da."
Ich vergrabe mein Gesicht an seiner Brust und weine bitterlich. Er redet geduldig auf mich ein und nimmt mir den Koffer und die Tasche ab. Wir laufen gemeinsam zum Auto. Ich kann förmlich spüren, wie Jürgen uns vom Fenster aus beobachtet. Doch ich wage es nicht, zurückzublicken. Ich will nur noch nach Hause. Mein neues Zuhause.
Micha startet den Motor und wir fahren zurück zu seiner Wohnung. Während der Fahrt kommt kein Wort über meine Lippen. Immer wieder breche ich in Tränen aus. Zum Glück ist Micha schlau genug zu wissen, dass ich meine Ruhe will.

In dieser Nacht liege ich wach neben Micha. Während ich seinem regelmäßigen Atem lausche, gehen mir tausende

Gedanken und Bilder durch den Kopf. Ich sehe Jürgens Gesicht vor mir, als ich ihm mitteile, dass ich die Scheidung will.
Dann springen meine Erinnerungen zurück zum Anfang unserer Beziehung. Jürgen und ich waren jung und so verliebt ineinander. Wir waren zwei völlig andere Menschen, als die, die wir jetzt sind. Ich war eine naive und unsichere Studentin, auf der Suche nach ihrem Platz in der Welt. Und wie es der Zufall so wollte, war es Jürgen, der mir meinen Weg gezeigt hat. Ich dachte, er wäre der Richtige für mich.

Ich seufze zermürbt. Dann muss ich an Lukas und Cédric denken. Jürgen und ich haben Lukas praktisch kurz nach der Hochzeit gezeugt. In den ersten paar Wochen ahnte ich nichts von meiner Schwangerschaft. Mir dämmerte es erst, als ich morgens immer öfter erbrach. Als der Schwangerschaftstest positiv ausfiel, war ich zunächst geschockt. Doch dann freute ich mich auf das Baby und konnte es kaum erwarten, mein erstes Kind in den Armen zu halten. Jürgen und ich zogen los und kauften alle möglichen Sachen für unser Ungeborenes. Irgendwann hatten wir ein Zimmer vollgestopft mit Spielzeug, Klamotten, Babybett, Wickeltisch, Windeln, feuchten Tüchern, Schnuller und Flaschen.
Als Lukas schließlich auf die Welt kam, war es für mich wie ein Traum, der in Erfüllung ging. Ich vergewisserte mich ständig, dass es ihm gut ging. Sobald er schrie, sprang ich auf, um ihn zu beruhigen. Mir fiel sogar schwer, Lukas für ein paar Stunden Julie zu überlassen.
Etwa eineinhalb Jahre später wurde ich wieder schwanger. Die zweite Schwangerschaft verlief aber komplizierter. Ich litt unter starken Schmerzen und ging oft zum Gynäkologen, um sicherzustellen, dass alles in

Ordnung war. An Cédrics Geburt kann ich mich nicht erinnern, da ich unter Vollnarkose stand, als er per Kaiserschnitt auf die Welt. Doch sobald ich ihn auf dem Arm hielt, spürte ich, dass er etwas ganz Besonderes war. Lukas freute sich, einen kleinen Bruder zu haben. Ich weiß noch, wie ich ihm einschärfte, dass er als großer Bruder immer auf Cédric aufpassen müsse.

Die Zeit, als wir in unser Haus einzogen, war eine der glücklichsten meines Lebens. Ich wand mich geradezu in meinem Glück, denn ich hatte alles, was ich mir wünschte: Ein Traumhaus, Jürgen und zwei wundervolle Kinder. Alles schien so perfekt, als ob es nie enden würde. Doch das war nur Schein. Ein vorübergehendes Gefühl.

Ich wünschte, ich könnte die Zeit zurückdrehen, um diese glücklichen Tage noch einmal zu durchleben. Ich wünschte, ich könnte Jürgen noch lieben und daran glauben, dass wir gemeinsam alt werden. Ich wünschte, wir hätten schon viel früher über unsere Eheprobleme geredet und versucht, Lösungen zu finden. Ich habe viel zu lange darüber geschwiegen, was in mir vorgeht. Und Jürgen hat das nie bemerkt. Vermutlich hat es ihn nicht mal interessiert. Das spielt jetzt sowieso keine Rolle mehr. Heute habe ich meine Entscheidung getroffen und es gibt kein Zurück mehr.

Während mein ganzes Leben wie ein Tagtraum vor meinem geistigen Auge abläuft, weine ich leise. Was, wenn ich mich wieder täusche und Micha gar nicht mein Traummann ist? Dann stürze ich nicht nur mich, sondern auch ihn ins Unglück.
Ich wälze mich unruhig im Bett hin und her. Mein Blick

fällt auf Michas schlafendes Gesicht und ich streichle sanft über seine Haare. Als er sich bewegt, ziehe ich meine Hand zurück. Während ich ihn im Schlaf betrachte, überkommt mich der Neid. Micha kann ruhig schlafen, denn er hat keine Kinder, keine zerrüttete Ehe, keinen Ehepartner, der ihn hasst.
Erst im Morgengrauen lassen die quälenden Gedanken von mir ab und ich falle in einem unruhigen Schlaf.

8. Kapitel

Es ist Anfang Februar. In wenigen Tagen werde ich vierzig. Micha hat mir ein Wellnesswochenende in einem romantischen Hotel geschenkt. Ich freue mich sehr darauf und habe sogar schon unsere Taschen gepackt. Mein Geburtstag kommt ganz gelegen. Das bevorstehende Wochenende wird mir dabei helfen, den Stress der vergangenen Wochen ein wenig zu vergessen.

Ich habe die Scheidung eingereicht. Doch es könnte noch lange dauern bis sie vollzogen ist. Noch sind Jürgen und ich offiziell ein Ehepaar.
Ich habe mehrmals versucht, Jürgen davon zu überzeugen, in die Scheidung einzuwilligen und gemeinsam eine Lösung für das Sorgerecht zu finden. Doch er geht mir aus dem Weg. Jetzt, wo ich ausgezogen bin, ist es leicht für ihn mich auszuschließen aus Lukas und Cédrics Leben. Das trifft mich hart. Ich vermisse Lukas und Cédric schrecklich. Nur mit Mühe kann ich mich davon abhalten, vor der Schule aufzukreuzen und die beiden abzuholen, damit ich sie wenigstens ein paar Stunden für mich haben kann. Die Angst, dass Jürgen mich wegen Entführung anzeigt und mir vielleicht sogar der Prozess droht, hält mich davon ab.
Ich wünschte, dass Jürgen den Kindern zu Liebe mir mehr entgegenkommen würde. Doch er scheint geradezu besessen davon zu sein, mir wehzutun. Er trägt seinen Hass auf mich auf Lukas und Cédrics Rücken aus. Ich kann nicht beschreiben, wie wütend mich das macht. Manchmal stelle ich mir vor, wie ich Jürgen auf dem Weg zur Arbeit überrasche. In meiner Fantasie schlage ich ihm ins Gesicht und ziehe an seinen Haaren. Ich hasse ihn für das, was er mir und unseren Kindern antut. Jürgen agiert

egoistisch, unfair und charakterlos. Er hat sich zum Ziel gesetzt, mir das Leben zur Hölle zu machen.

Ich habe Angst um Lukas und Cédric. Wer weiß, was Jürgen ihnen über mich erzählt? Vielleicht hetzt er sie gegen mich auf. Im Gegensatz zu Jürgen möchte ich nicht, dass die beiden Partei ergreifen. Sie sollen glücklich sein. Ich tue alles, um Lukas und Cédric aus unserem Streit herauszuhalten.
Auch wenn meine Ehe mit Jürgen im Nachhinein ein Fehler war, bereue es auf keinen Fall, die beiden bekommen zu haben. Ein Leben ohne sie ist für mich unvorstellbar.

Momentan lebe ich nur für die Zukunft. Ich klammere mich an die Vorstellung, dass Lukas und Cédric bei mir wohnen werden. In Michas Wohnung ist genug Platz für uns vier. *Irgendwann* sage ich mir immer wieder hoffnungsvoll. *Irgendwann ist das alles geregelt. Dann wirst du Jürgen die Stirn bieten und mit Micha, Lukas und Cédric glücklich zusammenleben.* Es muss klappen!
Ohne Micha hätte ich die letzten Wochen nicht überlebt. Ihn stört das nicht, dass ich noch mit Jürgen verheiratet bin. Wir haben unsere Beziehung öffentlich gemacht und er hat mich voller Stolz seiner Familie vorgestellt. Ich musste daran denken, wie Jürgen mich das erste Mal seinen Eltern vorgestellt hat und fühlte mich in meiner Jugend zurückversetzt. Ich bin froh, dass wir unsere Liebe nicht mehr verheimlichen müssen.

Es war Micha, der mich ermuntert hat, nicht aufzugeben und Jürgen solange zu nerven, bis er mir Lukas und Cédric zumindest einen Nachmittag lang überlässt. Nachdem ich Jürgen versprochen habe, die Kinder pünktlich zurückzubringen und sämtliche andere Forderungen zugestimmt habe, hat Jürgen sich schließlich damit einverstanden erklärt.

„Aber nur, weil Cédric dir ein Geburtstagsgeschenk gekauft hat und mir damit in den Ohren liegt, wann er dir das überreichen kann.", erklärte Jürgen am Telefon. „Wenn meine Mutter mich verlassen hätte, um mit ihrem Lover zusammenzuziehen, hätte ich sie nicht mal sehen wollen. Aber gut, sei es drum."

Am liebsten hätte ich „Ich habe meine Kinder nicht verlassen, du Schwein!" in den Hörer gebrüllt und aufgelegt. Doch lieber würde ich mir die Zunge abbeißen, statt zu riskieren, Lukas und Cédric nicht wiederzusehen.

Heute ist endlich soweit: Ich werde Micha meinen beiden Söhnen vorstellen. Ich bin sehr nervös und habe Angst, dass Lukas und Cédric Micha nicht mögen. Ich wüsste nicht, wie ich damit umgehen sollte. Doch diesen Gedanken verbanne ich aus meinem Kopf. Es wird schon gut gehen, sage ich mir immer wieder.

Pünktlich zum Schulschluss stehen Micha und ich vor der Schule, um Lukas und Cédric abzuholen. Wir parken direkt gegenüber vom Schuleingang. Micha ist auch nervös. Ich streichle sanft seine Hand. Noch bevor die Schulglocke ertönt, stürmen die Schülerinnen und Schüler aus dem Gebäude. Ich beobachte, wie manche von ihren Eltern abgeholt werden, andere fahren mit dem Fahrrad weg und wiederum andere laufen. Ich steige aus, um besser nach Lukas und Cédric Ausschau halten zu können. Doch ich kann sie nirgends erkennen. Plötzlich vernehme ich aus den Augenwinkeln, wie jemand auf mich zukommt. Als ich den Kopf wende, entdecke ich Cédric. Ich winke ihm strahlend zu. Oh Gott, wie sehr ich ihn vermisst habe! Nur mit Mühe kann ich die aufsteigenden Tränen zurückhalten.

„Hallo Schatz.", sage ich, als er schließlich vor mir steht und will ihn auf die Wange küssen.

Da zieht er sich zurück. „Nicht jetzt, *maman*. Meine Freunde schauen zu.", raunt er.

Ich hatte ganz vergessen, wie peinlich es Teenagern ist, mit ihren Eltern zusammen gesehen zu werden.

„Okay, Schatz. Weißt du, wo Lukas ist?"

„Hmm …" Er schiebt seine Unterlippe nach vorne und blickt sich suchend um. Wie süß er ist! Ich betrachte ihn lächelnd. Er scheint etwas gewachsen zu sein seit dem letzten Mal, als ich ihn gesehen habe.

„Nein … oh doch, da ist er."

Cédric zeigt mit dem Finger in die Ferne. Ich brauche einen Moment bis ich Lukas zwischen all den anderen Kindern entdecke. Er ist einer der letzten Schüler, der aus dem Gebäude trottet. Mir bleibt das Herz stocken, als ich ihn erblicke. Lukas hält sich merkwürdig gekrümmt, während er läuft. Ist irgendetwas passiert?, frage ich mich besorgt. Ich weiß, dass er so gut wie keine Freunde hat. Doch wird er auch gemobbt in der Schule? Falls dem so ist, verliert Lukas nie ein Wort darüber. Zum ersten Mal fällt mir auf, wie erschreckend er Jürgen ähnelt: Derselbe mühselige Gang, ähnliche Gesichtszüge, die gleiche Art, sich umzugucken. Je älter Lukas wird, desto mehr erinnert er mich an Jürgen. Sofort versuche ich, den Gedanken zu verbannen.

In Zeitlupentempo schreitet Lukas auf uns zu. Mehr Zeit hätte man sich für die kurze Strecke nicht lassen können. Ich verkneife mir ein Kommentar, der mir auf der Zunge liegt und setze stattdessen mein Lächeln auf.

„Hey Liebling, schön dich zu sehen. Ist alles in Ordnung?"

„Hallo Mutter.", antwortet Lukas trocken.

Das fängt ja gut an! Ich übergehe die kalte Begrüßung und nicke Micha zu. Das ist das Zeichen, das wir vereinbart haben. Micha steigt daraufhin aus dem Auto und stellt sich neben mich.

„Lukas, Cédric", beginne ich. „Ich möchte euch jemanden vorstellen. Das ist Michael."

„Hallo ihr beiden." Micha hält den beiden die Hand hin.

„Hi.", lächelt Cédric und schüttelt seine Hand.

Doch Lukas schweigt und macht keine Anstalten, die ihm entgegen gestreckte Hand zu erwidern.

Da räuspere ich mich. „Lukas, willst du nicht hallo sagen?"

„Hallo", sagt er lustlos. Micha zieht die Hand zurück und mir rutscht das Herz in die Hose. Was hat er nur? Micha und ich wechseln ein Blick. Ich überlege, ob ich Lukas beiseitenehmen soll, um mit ihm alleine zu sprechen. Doch dann verwerfe ich den Gedanken. Ich habe Angst, eine Trotzreaktion heraufzubeschwören.

„Ich wette, ihr habt alle einen Riesenhunger. Lasst uns gemeinsam essen gehen."

Ich bin immer noch nervös. Und ich spüre, dass Micha es auch ist. Cédric scheint sich offen auf die neue Situation einzulassen. Doch Lukas bereitet mir Magenschmerzen. Wenn er uns doch auch etwas entgegenkommen würde. Dann hätten wir es alle leichter.

Wir laufen gemeinsam zum Auto und ich öffne die Beifahrertür.

„Komm, steig ein.", sage ich zu Lukas. Ich hoffe, dass er und Micha während der Fahrt ins Gespräch kommen. Vielleicht wird das Lukas Einstellung ändern.

Cédric und ich steigen hinten ein. Sobald wir losfahren, wickle ich ihn unauffällig in ein Gespräch ein. Ich habe das Gefühl, sein halbes Leben verpasst zu haben. Ich erkundige mich nach seinen Noten, wie es in der Schule läuft, nach seinem Fußballteam und danach, ob Zuhause auch alles in Ordnung ist.

„Hmm ...", überlegt Cédric. „Du fehlst halt, *maman*. Also ich vermisse dich auf jeden Fall."

Ich kann die Traurigkeit in seinen Augen erkennen. Ein Kloß bildet sich in meinem Hals.

„Ich vermisse dich auch sehr, *chéri*." antworte ich bedrückt und lege meinen Arm um seine Schulter, um ihn an mich zu drücken.

Mit gedämpfter Stimme fahre ich fort: „Und was ist mit Lukas? Hast du das Gefühl, er vermisst mich auch?"

„Ich weiß nicht.", antwortet er wahrheitsgemäß. „Er ist ohnehin so komisch in letzter Zeit."

Sofort werde ich hellhörig. „Komisch? Inwiefern?"

„Weiß nicht. Er sitzt fast nur noch in seinem Zimmer herum und ist am Zocken. Wenn man in sein Zimmer geht, wird er sofort aggressiv und tickt aus."

„Was sagt dein Vater dazu?"

Cédric seufzt und ich befürchte, ihn zu sehr auszuhorchen. „Nichts."

Plötzlich dreht sich Lukas zu uns um. Sein Blick ist leer und kalt. Ich spüre einen Stich in meinem Herzen. Was hat er nur?

„Wann kommst du wieder nach Hause, *maman*?", reißt Cédric mich aus den Gedanken. „Dad gibt sich Mühe, doch er kann nicht so gut kochen wie du. Und er hat schon drei Mal vergessen, das Frühstück für die Schule zu machen. Ich kam deswegen zu spät."

„Schatz, ich will ehrlich sein. Ich weiß nicht, ob ich jemals wieder nach Hause kommen werde. Weißt du, dein Vater und ich haben beschlossen, uns scheiden zu lassen, da wir nicht mehr glücklich sind zusammen. Aber sei nicht traurig deswegen."

Ich gebe ihm einen Kuss auf die Wange. „Onkel Michael

und ich, wir suchen nach einem schönen Zuhause für uns, damit du und Lukas bei uns einziehen könnt. Was sagst du dazu?"
„Hm ... Das klingt gut. Aber was ist mit Dad?"
„Euren Vater könnt ihr natürlich jeder Zeit besuchen."
Ein Lächeln erscheint auf Cédrics Lippen. Er freut sich über den Vorschlag.
„Wann können wir denn bei euch einziehen?"
Ich seufze. „Sobald alle rechtlichen Fragen geklärt sind."
Er nickt, doch ich bezweifle, dass er versteht, worum es geht. In diesem Moment habe ich das Gefühl, dass mein Herz in tausend Teile zerbricht. Am liebsten würde ich lauthals heulen. Was bin ich bloß für eine Rabenmutter?! Ich habe meine Kinder ohne eine Erklärung bei Jürgen zurückgelassen. Ich hasse mich dafür.
„Schatz.", beginne ich mit zittriger Stimme. „Du darfst nie denken, dass ich euch allein lasse. Glaub mir, ich tue alles, damit wir zusammenbleiben können. Doch zuerst müsst ihr Onkel Micha kennenlernen. Wir alle brauchen Zeit, um uns an die neue Situation zu gewöhnen. Weißt du, es ist ein großer Schritt und er bringt viel Veränderung mit sich. Aber das heißt nicht, dass ich dich und Lukas vergessen habe. Das werde ich nie. Egal, was kommt, ich liebe euch beide. Okay?"
Cédric nickt und mir fällt ein Stein vom Herzen. Er versteht mich. Ich hoffe, dass ich auch zu Lukas irgendwann einen guten Draht aufbauen kann.
Plötzlich kramt Cédric in seiner Schultasche und holt ein Geschenk hervor.
„Das ist für dich, *maman*. Du musst mir aber versprechen, ihn erst an deinem Geburtstag aufzumachen."
„Oh, Schatz. Das ist echt lieb von dir." Ich schließe ihn in meine Arme. „Ich werde ihn an meinem Geburtstag

auspacken, versprochen."
Erfreut nehme ich das Geschenk entgegen und lege ihn in meine Handtasche.

Kurz darauf fahren wir in ein Parkhaus und halten an. Dann schlendern wir durch die Innenstadt und entscheiden, gemeinsam Burger essen zu gehen. Lukas und Cédric laufen vor und ich ergreife die Gelegenheit, um mich mit Micha auszutauschen.
„Hast du mit Lukas reden können?"
„Ganz ehrlich, Kate. Ich habe es versucht. Doch er hat sich darauf nicht eingelassen. Ich wette, dein feiger Ex-Mann hat ihn so lange manipuliert, dass er ... "
„Ssscchhht!" Ich halte den Zeigefinger vor der Nase. „Nicht so laut. Oder willst du einen Streit anzetteln, bevor sie dich überhaupt kennengelernt haben?"
„Schön. Ich halte einfach den Mund.", erwidert er pampig.
Ich seufze. Na, das kann ja heiter werden!

Wir betreten den Burgerladen, den Lukas und Cédric ausgesucht haben, und setzen uns an einem Vierertisch. Ich starre auf die Speisekarte. Eigentlich habe ich gar keinen Hunger. Ich bin sehr angespannt, da mich das ungute Gefühl beschleicht, dass das Essen nicht friedlich verlaufen wird. Vielleicht war das noch zu früh. Vielleicht hätte ich damit waren sollen, Micha meinen Kindern vorzustellen. Doch jetzt ist das zu spät. Ich bete, dass das Essen so schnell wie möglich vorbei ist.
Nachdem eine freundliche Kellnerin unsere Bestellung aufgenommen hat, murmle ich eine Entschuldigung und verschwinde auf der Damentoilette. Ich stelle mich im Vorraum vor dem Waschbecken und starre in den Spiegel. Er ist schmutzig und mit einem Edding- Stift

vollgekritzelt. Dann drehe ich den Hahn auf, lasse etwas Wasser in meine Hände einlaufen und klatsche es mir ins Gesicht. Ich bin müde und sehne mich danach, mich ins Bett zu legen. Vielleicht werde ich ja krank? Oder liegt es an den Stress der vergangenen Wochen? Ich verharre noch einen Moment lang vor dem Spiegel, bevor ich wieder zum Tisch zurückkehre. Zu meiner Freude unterhalten sich Cédric und Micha angeregt. Nur Lukas sitzt schweigend daneben und starrt desinteressiert in der Gegend herum.

„Hey Schatz", wende ich mich an ihm. „Ist alles okay? Wie war die Schule?"

Gerade als ich denke, dass er nicht antwortet, fängt er an zu sprechen.

„Gut. In der Schule gibt es keine Probleme. Und Zuhause auch nicht." Dann sieht er mir direkt in die Augen. „Ich denke eher, dass bei *dir* nicht alles okay ist."

„Was meinst du?", runzle ich die Stirn.

„Wie lange willst du noch so tun, als ob das alles normal wäre?" Er erhebt die Stimme. Ich beobachte aus den Augenwinkeln, wie Cédric und Micha aufhören, sich zu unterhalten und zu uns rüber schauen.

Einen Moment lang bin ich hin- und hergerissen. Soll ich auf darauf eingehen? Oder mach ich dadurch das Ganze noch schlimmer?

„Hör zu, Lukas. Du bist kein kleines Kind mehr. Versteh doch, dass dein Vater und ich entschieden haben, dass es besser ist, wenn wir uns scheiden lassen. Das ist nichts Ungewöhnliches. Viele Eltern lassen sich scheiden und ..."

„Das ist eine *Lüge*! Du, nur du allein hast das entschieden. Du hast uns alle verlassen wegen *dem* da!" Er zeigt mit dem Finger auf Micha. Seine Stimme zittert vor Wut.

Die anderen Gäste in dem Burgerladen drehen sich zu

uns um. Ich spüre, wie mir die Röte ins Gesicht schießt.
„Jetzt hör mal zu, Junge.", ergreift Micha das Wort. „Hör auf so herumzubrüllen. Hier sind noch andere Leute, die in Ruhe essen wollen."
„*Du* hast mir gar nichts zu sagen.", faucht Lukas. „Du bist nicht mein Vater und wirst es auch nie sein. Und du." Er wendet sich wieder an mich. „Du bist eine Verräterin."
Die Kellnerin nähert sich unserem Tisch.
„Entschuldigung, könntet ihr bitte leiser sprechen? Ihr stört die anderen Gäste."
„Ja, natürlich. Bitte entschuldigen Sie.", murmle ich peinlich berührt.
Sie entfernt sich wieder und Micha und ich wechseln einen Blick. Sollen wir lieber gehen? Wir sind beide unentschlossen. Meine Hoffnung, dass Lukas und Cédric Micha kennenlernen und ihn mögen, schwindet allmählich.
Die anderen Gäste starren immer noch zu uns herüber. Manche zeigen sogar mit dem Finger auf uns und tuscheln. Das macht mich richtig wütend. Am liebsten würde ich aufstehen und sie anschreien: „Habt ihr nichts Besseres zu tun, als über uns zu reden? Ja, wir haben vielleicht Familienprobleme. Doch läuft es bei euch perfekt?"
Da fange ich Cédrics Blick auf. Er schaut bestürzt und verunsichert drein. Er weiß er nicht, was er über mich denken soll. Vielleicht fragt er sich gerade, ob er dabei ist, Jürgen zu hintergehen. Verdammt! Die ganze Situation droht aus dem Ruder zu laufen. Ich habe mich so sehr von meiner Wunschvorstellung, dass wir alle glücklich zusammenleben können, treibenlassen, dass ich völlig blind war für die Realität. Am liebsten würde ich mich in eine Ecke verkriechen und heulen.
In diesem Moment kommt die Kellnerin mit unserer

Bestellung zu unserem Tisch.

Das Essen verläuft schweigsam. Ich bin heilfroh darüber, denn noch so einen Streit halte ich nicht aus. Nach den ersten Bissen stelle ich irritiert fest, was für einen Heißhunger ich habe. Gerade noch hatte ich kaum Appetit. Und jetzt verschlinge ich den hausgemachten Burger und die Pommes mit solcher Gier, dass mir das sogar etwas peinlich ist. Micha schaut verwundert zu mir rüber. Lukas und Cédric heben kaum den Blick von ihrem Teller. Plötzlich schiebt Micha mir seinen Teller hin. Da sind Pommes drin. Als ich ihn verständnislos anschaue, grinst er breit. Da fällt es mir wie Schuppen von den Augen: Er denkt, ich sei schwanger! Ich schüttle kaum merklich den Kopf. Doch sein Grinsen wird noch breiter.
Es ist, als ob ich vom Blitz getroffen wäre. Kann das sein? Bin ich schwanger? Während ich wie versteinert auf meinem Stuhl sitze, kann Micha seine Freude kaum noch verbergen. Selbst Lukas und Cédric bemerken es. Als Cédric ihn darauf anspricht, meint Micha wie nebenbei: „Ach nichts. Es war doch trotz allem ein guter Tag, oder nicht?"
„Ja, und danke fürs Essen, Onkel Michael."
„Nichts zu danken!"
Mir fällt ein Stein vom Herzen. Die beiden verstehen sich gut. Nur Lukas weist Micha ab, ohne ihm eine Chance zu geben. Das verletzt mich. Sollte ich herausfinden, dass Jürgen dahintersteckt, dann wird er das bereuen.
Bevor wir aufbrechen, entschuldigt sich Micha nochmal bei der Kellnerin und gibt ihr ein gutes Trinkgeld. Draußen atme ich erleichtert aus. Auch wenn das Essen nicht ganz so gelaufen ist, wie ich es mir gewünscht habe, ist es immerhin ein Anfang - zumindest was Cédric angeht.
Auf dem Weg zum Auto, legt Micha den Arm schützend

um mich.

„Alles gut bei dir, Liebes?", flüstert er mir zu.

„Ja." Ich gebe ihm einen Kuss auf den Mund. „Tut mir leid, dass Lukas dich vorhin so angefahren hat." Irgendwie habe ich das Gefühl, mich dafür entschuldigen zu müssen.

„Schon okay. Lass uns nicht mehr darüber reden. Was hast du noch mit den Kindern geplant?"

„Ich hatte mit Jürgen vereinbart, dass die Kinder bis halb sechs bei mir bleiben. Aber ..."

Ich dämpfe meine Stimme ein wenig. „Um ehrlich zu sein, denke ich, dass das für heute genug ist. Lukas Laune wird sich nicht mehr bessern. Und ich habe Angst, dass es wieder einen Streit gibt. Außerdem ..." Ich lege meine Hand auf meinem Bauch und schaue Micha vielsagend an. „Gibt es da etwas, dass wir herausfinden müssen."

„Okay.", nickt Micha. Seine Augen funkeln vor Aufregung.

Als wir vor meinem einstigen Zuhause parken, um Lukas und Cédric abzusetzen, überkommt mich die Melancholie. Wie viel sich in nur zwei Monaten verändern kann! Noch vor zwei Monaten habe in diesem Haus gewohnt, neben meinem Ehemann, den ich nicht mehr liebte, geschlafen und mich heimlich mit Micha getroffen. Ich hatte oft Tagträume. Ich flüchtete mich aus dem Alltag und war mit den Gedanken ständig bei Micha. Immer wieder habe ich die Liebesnächte in Gedanken aufleben lassen. Ich hatte so viel Freude am Leben wie schon lange nicht mehr. Ich fühlte mich, als ob ich schweben würde ...

Ich deute Micha an, im Auto sitzen zu bleiben und steige mit Lukas und Cédric aus.

„Ich hoffe, die Burger haben euch geschmeckt?", frage

ich, als wir zur Haustür laufen.
Cédric nickt eifrig. „Oh ja! Es war echt lecker."
„Und dir, Lukas?", hacke ich nach, als er nicht antwortet.
„Joa, ganz passabel."
Er zuckt desinteressiert mit den Schultern. Wut kocht in mir hoch. Wenn ich ihn doch nur nicht mitgenommen hätte! Micha und Cédric verstehen sich bestens. Dass es nicht so läuft, wie ich es mir wünsche, liegt allein an Lukas. Mit seiner schlechten Laune vergiftet er geradezu die Atmosphäre. Doch ich habe keine Lust, weiter darauf eizugehen. Ich bin hundemüde und der Verdacht, dass ich schwanger sein könnte, sitzt mir wie eine Stechmücke im Nacken.
Plötzlich geht die Haustür auf. Mit einem selbstgefälligen Blick erscheint Jürgen im Türrahmen. Er muss uns vom Fenster aus beobachtet haben. Bestimmt hat er die ganze Zeit darauf gewartet, uns zu empfangen, sobald wir zurückkehren.
„*Schon* da? Ich dachte, ihr kommt erst am Abend wieder?", fragt er unverfroren.
Ich ignoriere ihn und beuge mich runter, um Cédric einen Kuss auf die Wange geben.
„Machs gut, Schatz. Wir sehen uns bald wieder, das verspreche ich dir.", flüstere ich ihm ins Ohr, während ich ihn an mich drücke.
„Bis bald, *maman*."
Cédric geht ins Haus. Ich wende mich Lukas zu.
„Bis bald, Schatz.", tätschle ich seine Schulter.
„Tschüss."
Sobald die Kinder im Haus außer Hörweite sind, funkle ich Jürgen wütend an.
„Pass ja auf, dass du es nicht zu weit treibst. Sollte ich jemals mitbekommen, dass du Lukas und Cédric gegen mich aufhetzt, dann schwöre ich, dass ich dir das

Sorgerecht entziehe. Glaub nicht, dass ich weg bin vom Fenster, nur weil ich zu Micha gezogen bin. Ich habe immer ein Auge auf meine Kinder."
Eigentlich habe ich nicht geplant, Jürgen so anzugehen. Doch von seinem selbstgefälligen Getue platzt mir der Kragen. Wochenlang hat er meine Nachrichten ignoriert, meine eigenen Kinder von mir ferngehalten und jetzt behandelt mich auch noch herablassend.
Jürgen steht mit verschränkten Armen vor der Brust leicht am Türrahmen gelehnt und schaut zu mir herunter.
„Sicher."
Das ist alles, was er dazu sagt. Dieser elende Mistkerl! Nur zu gerne würde ich ihm eine verpassen. In diesem Moment schwöre ich mir, so schnell wie möglich einen guten Anwalt aufzutreiben. Ich habe es satt, meinen Noch- Ehemann ständig um Erlaubnis bitten zu müssen, wenn ich meine Kinder sehen will. Es macht ihm Spaß, mich zappeln zu lassen und mir das Leben so schwer wie möglich zu machen.

Ohne ein Wort drehe ich mich um und laufe zum Auto zurück. Ich spüre, wie sich Jürgens Blick in meinem Rücken bohrt. Dein blödes Grinsen wird dir noch vergehen!, denke ich hitzig.
Ich schlage ich die Beifahrertür fester zu, als ich beabsichtigt. Micha zuckt zusammen.
„Ist alles in Ordnung?"
„Ja, alles bestens. Du brauchst mich das nicht hundert Mal am Tag zu fragen. Lass uns einfach nach Hause fahren.", fauche ich.
Zum Glück schweigt Micha. Er fährt los und fädelt sich im Verkehr ein. Nach einer Weile beruhige ich mich wieder und das schlechte Gewissen überkommt mich. Was kann Micha denn dafür, dass Jürgen so ein Arschloch ist?

„Es tut mir leid.", murmle ich zerknirscht.
„Schon okay, Schatz." Er greift nach meiner Hand. „Es sind die Hormone."
Ich verstehe sofort, worauf er andeutet.
„Aber … du kannst doch gar nicht wissen, ob ich schwanger bin.", wende ich ein.
Er sieht mich von der Seite an. „Ich spüre es, *chérie*."

9. Kapitel

Sobald wir Zuhause ankommen, renne ich ins Bad. Mit zittriger Hand öffne ich den Badschrank und ziehe die unterste Schublade heraus.

Jürgen und ich haben direkt nach Cédrics Geburt vor dreizehn Jahren beschlossen, keine weiteren Kinder mehr zu bekommen. Seitdem haben wir mindestens drei verschiedene Langzeitverhütungen ausprobiert. Ich ließ mir, nachdem ich Cédric auf die Welt gebracht habe, die Kupferspirale einsetzen. Doch schon nach kurzer Zeit stellte sich heraus, dass ich sie nicht vertrug. Ich litt nicht nur unter starken Schmerzen und Blutungen, sondern auch unter depressiven Verstimmungen. Als sich meine Lage immer weiter verschlechterte, wurde die Spirale wieder rausgenommen. Danach bekam ich für drei Jahre einen Hormonimplantat in der Innenseite meines Oberarms eingepflanzt. Nachdem die drei Jahre um waren und das Implantat wieder herausgenommen wurde, beschloss Jürgen, sich sterilisieren zu lassen. So mussten wir nie wieder Angst haben, dass ich ungewollt schwanger werde. Damit war das Thema Verhütung für Jürgen und mich geklärt. Erst als meine Affäre mit Micha begann, musste ich mir wieder Gedanken darum machen. Wir hatten uns bisher mit Kondomen geschützt. Doch zugegebenerweise sind wir in letzter Zeit nachsichtiger geworden. Jetzt, wo wir zusammenwohnen und im selben Bett schlafen, denken wir nicht an Kondome, wenn uns die Lust überkommt.

Hastig durchwühle ich die Schublade, bis ich die kleine, pinke Packung, auf der *Schwangerschaftstest* draufsteht, entdecke. Meine Hände zittern, als ich einen neuen

Teststreifen einsetze. Wann war nochmal meine letzte Regel? Da klopft es an der Tür.
„Kate, ist alles in Ordnung?", höre ich Micha fragen.
„Jaaa! Ich komme gleich."
Ich höre, wie er sich wieder entfernt. Ohne nachzudenken, greife ich nach einem Plastikbecher und laufe damit zur Kloschüssel, um darin zu pinkeln. Mein Herz klopft vor Aufregung, als ich den Teststreifen reinhalte.

Wortlos halte ich den Schwangerschaftstest unter Michas Nase. Er sitzt im Wohnzimmer und blättert durch eine Zeitschrift. Sobald er die zwei pinken Streifen auf dem Test entdeckt, leuchtet sein Gesicht vor Freude.
„*Chérie*, du bist schwanger!"
Unachtsam schmeißt Micha die Zeitschrift zur Seite und legt seine Hand auf meinem Bauch.
„Ich wusste es doch.", murmelt er.
Ich schüttle ich seine Hand ab und setze mich neben ihm auf das Sofa.
„Das steht zwar nicht zu hundert Prozent fest. Aber es sieht wohl so aus.", sage ich ungläubig. Ich kann immer noch nicht fassen, dass der Test positiv ausgefallen ist.
„Micha, das geht mir alles zu schnell." Ich fahre mit der Hand verzweifelt durch meine Haare. „Ich meine, ich werde in wenigen Tagen vierzig, bin gerade mitten in einer Scheidung, habe Angst um meine Kinder, wohne erst seit einem Monat mit dir zusammen und soll jetzt noch *schwanger* sein?"
Unwillkürlich schüttle ich den Kopf. „Das geht nicht. Das kann ich nicht."
„Doch, du kannst.", entgegnet Micha entschlossen. „Ich bin bei dir und wir stehen das alles gemeinsam durch."
„Du verstehst das nicht. Du verstehst nicht, was für eine

Verantwortung ein Kind mit sich bringt. Es wird dein ganzes Leben verändern. Und es wird mein ganzes Leben verändern und das von Cédric und Lukas auch."
„Auch wenn ich noch nie Vater war, weiß ich sehr wohl, welche Verantwortung ein Kind mit sich bringt."
Er verschränkt seine Finger mit meinen.
„Kate, ich spüre es: Dieses Kind wird unser Leben verändern, und zwar zum Positiven. Wir werden endlich eine richtige Familie sein."
Erschöpft lasse ich meinen Kopf auf seine Schulter sinken. In diesem Moment habe das Gefühl, dass mein Leben an mir vorbeizieht und mir die Kontrolle entzogen wird. Ich habe keine Lust weiter darüber nachzudenken, welche Konsequenzen ein weiteres Kind mit sich bringen wird. Müde schließe ich die Augen. Was will *ich*? Erschrocken stelle ich fest, dass es gar nicht so einfach ist, herauszufinden, was ich möchte. Denn, das erste, dass mir in den Sinn kommt, sind Lukas und Cédric. Ich habe Angst, ihr Leben komplett aus der Bahn zu werfen. Vergiss sie nur für einen Moment, sage ich eindringlich zu mir selbst. *Was willst du?* Ich stelle mir bildlich vor, wie in einem dunklen Raum sitze. Ganz allein. Ohne Lukas, Cédric, Julie, Philippe, Jürgen und Micha. Und plötzlich spüre ich es. Die Freude auf das ungeborene Kind in mir. Unter all den Fragezeichen in meinem Kopf, den Kummer und die schreckliche Sorge, was die Zukunft bringen wird, ist da ein Licht. Und dieses Licht trage ich in mir.
Doch ich beschließe, Micha erst mal nichts davon zu erzählen. Ich will sicher sein, mit meiner Entscheidung bevor ich ihm das mitteile. Vor allem will ich nicht beeinflusst werden.

Als ich Micha nach unserem Wellnesswochenende meine Entscheidung mitteile, tickt er beinahe aus vor Freude.

„*Chérie*, du weißt gar nicht, wie sehr du mich glücklich machst." Seine Augen leuchten und er drückt mich fest an sich. „Du, das Baby und ich: Wir werden eine richtige Familie. Es wird perfekt, glaub mir."
Ich küsse ihn auf den Mund. „Ja, das wird es. Ich liebe dich. Und ich liebe unser Baby."
Dann werde ich etwas ernster. „Aber du weißt, dass das nicht einfach werden wird. Jürgen wird toben, wenn er von meiner Schwangerschaft erfährt. Immerhin sind wir offiziell noch ein Ehepaar."
„Du bist nicht allein, Kate. Ich werde nicht zulassen, dass er dir oder dem Baby wehtut. Niemals."
Micha und ich blicken uns tief in die Augen.
„Micha, ich will mich so schnell wie möglich von Jürgen scheiden lassen. Die Vorstellung, dass ich unser Kind bekomme, während ich mit *ihm* verheiratet bin, ist grauenvoll."
„Mach dir nicht so viele Sorgen. Du musst jetzt an das Kind denken. Um den Rest kümmere ich mich."
„Was? Wie meinst du das?" Ich sehe Micha befremdlich an. Versteht er nicht, wie ich mich fühle?
„Ganz ruhig. Was bringt es dir, dich aufzuregen oder dir Sorgen zu machen? Mir ist es egal, was die Papiere sagen. Du gehörst zu mir und dein Mann ..."
„Schön, dass du das so gelassen siehst.", fauche ich. „Aber mir ist es nicht egal. Ich hasse Jürgen. Wie konnte ich nur so blöd sein, ihn zu heiraten?"
„Hör auf, dir Vorwürfe zu machen." Er legt seine Hand auf meinem Bauch. „Lass uns nach vorne schauen und gemeinsam für unsere Familie kämpfen."
Ich sehe ihn nachdenklich an. In Michas Augen liegt Entschlossenheit. Er ist entschlossen, mit allen Mitteln für uns zu kämpfen.

Julie erfährt als Erste von meiner Schwangerschaft. Sie hebt beim zweiten Klingeln ab und wir reden zunächst über Belangloses, bis ich die Neuigkeit wie eine Bombe platzen lassen.

„*Maman*, Micha und ich, wir sind schwanger."

Ich höre wie Julie scharf die Luft einzieht.

„Catherine, *toutes mes félcitationes!*", erwidert sie schließlich. „Bist du dir denn auch ganz sicher? Was deine Schwangerschaft angeht, meine ich."

„Ja. Ich habe vor ein paar Tagen Zuhause einen Schwangerschaftstest gemacht. Und gestern war ich beim Arzt. Er hat mir die Schwangerschaft bestätigt."

Kurzes Schweigen.

„Versteh mich nicht falsch, natürlich freue ich mich für Micha und dich. Aber ... hätte das nicht etwas warten können?"

„Was meinst du?", hacke ich beleidigt nach, obwohl ich mir denken kann, worauf sie hinauswill.

„Na, ich dachte, du steckst mitten in einer Scheidung? Und hast du es deinen Kindern schon erzählt?"

„Nein, Lukas und Cédric wissen noch nichts davon. Ich wollte es dir zuerst erzählen. Und was meine Scheidung angeht ..." Ich halte inne und meine Gedanken schweifen ab.

„Catherine?"

„Ja, *maman*. Ich bin noch dran." Ich hole tief Luft, bevor ich weiterspreche.

„Du weißt, dass ich alles getan habe, um eine gute Mutter zu sein. Lukas und Cédric haben immer erste Priorität, bei allem was ich tue. Und trotzdem werde ich das Gefühl nicht los, dass *ich* ihr Leben zerstöre. Jürgen gibt mir das Gefühl, an allem schuld zu sein. Unseren Freunden, Bekannten und überhaupt jeden, den er über dem Weg läuft, erzählt er, dass ich ihm fremdgegangen

bin und ihn und die Kinder verlassen habe. Die Leute wenden sich von mir ab, weil sie Jürgens Lügen glauben. Niemand interessiert sich dafür, wie es mir geht. Das verletzt mich. Doch das schlimmste ist, dass Jürgen alles dransetzt, die Kinder von mir fernzuhalten. Jedes Mal, wenn ich Lukas oder Cédric sehen will, muss ich ihn tausend Mal anschreiben und darum betteln. Er lässt seinen Hass auf mich an Lukas und Cédric aus. Ich habe Angst um die beiden. Langsam glaube ich, dass es ein Fehler war, auszuziehen aus dem gemeinsamen Haus. Ich hätte Jürgen rausschmeißen sollen, dann müsste ich jetzt keine Angst haben um meine Kinder und darum betteln, sie sehen zu dürfen."
Betroffenes Schweigen tritt ein.
„Ich kann verstehen, was du gerade durchmachst. Es muss die Hölle sein. Was kann ich tun, um dir zu helfen?", fragt Julie.
„Ich weiß es nicht. Ich weiß noch nicht mal, was ich tun soll.", antworte ich wahrheitsgemäß.
„Dieses Kind in mir ist zurzeit meine einzige Hoffnung. Ich will die Scheidung so schnell wie möglich hinter mir bringen, das alleinige Sorgerecht für Lukas und Cédric beantragen und sie zu mir holen. Nur Gott weiß, ob das alles auch so klappen wird und wie lange das dauert."
„Gib nicht auf. So wie es klingt, ist Micha ein toller Mann und ihr werdet schon euren Weg finden. Eigentlich wollte ich dich damit überraschen, aber was solls. Ich habe mit Philippe darüber geredet, dass ich euch vielleicht nächste Woche besuchen komme. Ich will meine Enkelkinder endlich wiedersehen, Micha kennenlernen und meine schwangere Tochter in den Arm schließen."
„Oh *maman*! Wirklich? Das ist ja super!", rufe ich begeistert aus. „Wann willst du kommen?"
„Ich muss erst mal mit der Nachbarin klären, ob es für sie

okay ist, einmal am Tag nach Philippe zu sehen, während ich weg bin. Ich gebe dir nochmal Bescheid."
„Okay. Ich freue mich schon, dich zu sehen", murmle ich.
Dann verabschieden wir uns und vereinbaren, in den nächsten Tag nochmal zu telefonieren wegen ihrem Besuch.
Sobald ich aufgelegt habe, schlingt Micha von hinten seine Arme um mich.
„Na, was hat Julie gesagt zu der großartigen Neuigkeit?"
„Ich glaube, sie hat sich zwar für uns gefreut. Doch sie macht sich auch Sorgen, wie es weitergeht. Übrigens wird Julie uns vielleicht bald schon besuchen kommen. Sie möchte dich kennenlernen und mir beistehen."
„Das ist doch super."
„Ja.", hauche ich und drehe mich zu Micha um. „Schatz, du weißt, dass wir das nicht ewig geheim halten können vor Jürgen. Wir müssen es ihm irgendwann sagen."
„Ja, irgendwann schon. Aber warum machst du dir jetzt Gedanken darum?"
Er drückt mir einen Kuss auf die Stirn.
„Ich habe mir da etwas überlegt."
„Schieß los!"
„Ich dachte, ich erzähle Jürgen von meiner Schwangerschaft und bringe ihn dazu, in die Scheidung einzuwilligen."
„Du willst was?" Micha zieht überrascht die Augenbrauen hoch. „Vergiss es, Kate! Das kannst du nicht ernst meinen. Wir sollten wohl eher versuchen, die Schwangerschaft so lange wie möglich vor ihm geheim zu halten."
„Ja, das machen wir doch gerade und was bringt es uns? Er stellt sich quer und versucht mir das Leben schwer zu machen. Vielleicht wird meine Schwangerschaft seine Meinung ändern. Vielleicht kann ich ihn dazu bringen, der Scheidung zuzustimmen."

„Nein!", erhebt Micha die Stimme. „Das wirst du nicht tun. Du bist schwanger und deine Hormone gehen mit dir durch, sonst würdest so etwas nicht sagen."

„Hör auf, so zu tun, als ob ich verrückt wäre. Denk doch mal für einen Moment darüber nach: Wie sollen wir sonst Jürgen dazu bringen, mitzumachen? In acht Monaten werde ich dein Kind auf die Welt bringen. Wir müssen jetzt etwas tun, um ..."

„Ja, und du hast dir anscheinend schon einen tollen Plan zugelegt." Sarkasmus schwingt in seiner Stimme mit.

„Dann schlag doch etwas Besseres vor!", erwidere ich patzig.

„Wie wäre es, wenn wir einfach abwarten, was die Anwälte sagen. Wir müssen uns halt gedulden. Und so lange genießen wir die Zweisamkeit."

„Die Anwälte! Ganz ehrlich, die interessiert es doch nicht. Es ist schließlich nicht ihr Leben. Hier geht es um uns. Ich meine, wenn ich an deiner Stelle wäre und mein Partner wäre noch verheiratet, würde ich alles dafür tun, dass die Scheidung vollzogen wird."

Michas Augen verengen sich zu Schlitzen. „Was willst du mir jetzt damit sagen? Dass ich mich nicht um dich bemühe?"

„Du verstehst das falsch. Ich will nur ..."

„Weißt du was? Das ist mir zu blöd. Mach, was du willst. Es ist dein Ehemann, der uns das Leben zur Hölle macht. Und ständig werde ich in irgendwelche Probleme hineingezogen, die nichts mit mir zu tun haben. Alles was ich wollte, ist eine kleine, normale Familie. Stattdessen bekomme ich jeden Tag zu hören: Scheidung hier, Jürgen da. Und dann sind da noch deine Kinder. Ich habe Lukas unverschämtes Verhalten einfach hingenommen - dir zu Liebe. " Micha sieht mir direkt in die Augen. „Ganz ehrlich, langsam fange ich an zu zweifeln, ob das, worauf ich mich einlasse, mir guttut."

Ich starre ihn unverwandt an. Hat er das gerade wirklich gesagt?

„Was ... wie meinst du das?"

„Ich will damit sagen, dass ich vieles schweigend hingenommen habe. Deine ganzen Probleme mit deiner Familie sind auch zu meinem Problem geworden. Und dennoch war ich geduldig und verständnisvoll. Aber meine Geduld ist langsam zu Ende. Ich will nicht mein ganzes Leben *so* verbringen. Du denkst nur an dich und deine Kinder. Wie es mir dabei geht, ist nebensächlich geworden. Ich kann so nicht."

Ich schlucke hart.

„Machst du etwa Schluss mit mir?" Meine Stimme kaum mehr als ein Flüstern.

„Nein, verdammt! Ich mache *nicht* Schluss mit dir. Aber ich will, dass du auch mal an mich denkst und daran, wie ich mich fühle. Ich habe versucht, dir zu helfen, so gut ich kann. Aber ich habe das Gefühl, dass das nicht genug ist und nie genug sein wird. Kate, was soll ich denn noch machen?"

Ich schweige betroffen. Er hat nicht ganz Unrecht. Meine Gedanken sind ständig bei Lukas und Cédric. Ich frage mich, was sie gerade machen und wie es ihnen geht. Und dann ist da noch Jürgen und die Frage, wann ich endlich geschieden werde. Dennoch hätte ich so eine Rede nicht erwartet. Schweigend schlinge ich meine Arme um Michas Hals und ziehe ihn dicht an mich heran.

„Es tut mir leid.", murmle ich an seinem Ohr.

Ein paar Tage später sitze ich entschlossen im Auto auf dem Weg zu Jürgen. Ich habe Micha nichts erzählt von meinem Vorhaben. Ich möchte das alleine regeln. Er hat Recht. Es sind meine Probleme und ich will Micha nicht länger darin verwickeln. Meine Worte habe ich mir genau zurechtgelegt. Dieses Mal werde ich meinen Willen durchsetzen und Jürgen in die Knie zwingen. Unbewusst drücke ich stärker auf die Gaspedale.

Es ist früher Abend als ich das Haus betrete. Jürgen wird irgendwann in der nächsten halben Stunde nach Hause kommen. Dann werde ich ihn überraschen. Ich tue das für das ungeborene Kind in mir. Mein Anwalt hatte mir zwar von solchen Aktionen abgeraten mit dem Argument, dass Jürgen das vor Gericht gegen mich verwenden könnte. Doch der rechtliche Weg dauert mir zu lange und es ist auch nicht vorherzusehen, wie das ausgehen wird. Im schlimmsten Fall wird Jürgen es schaffen, mich vor dem Richter als schlechte Mutter darzustellen. Ich will lieber nicht daran denken, welche Konsequenzen das haben wird. Deshalb muss ich jetzt etwas unternehmen, sonst zieht sich das Problem weiter in die Länge. Ich muss es zumindest versuchen - mit allen Mitteln.
Nervös schaue ich mich im Flur um. Ich komme mir vor wie ein Einbrecher. Das letzte Mal, als ich genau hier stand, hatte ich einen Koffer und eine große Tasche vollgestopft mit meinen Sachen in der Hand. Ich war traurig, dieses Haus und all die schönen Erinnerungen hinter mir lassen zu müssen. Die Melancholie überkommt mich, wenn ich daran denke. Nicht jetzt, reiß dich zusammen, Kate!, raune ich zu mir selbst.
Ich steige die Treppen hinauf in den ersten Stock, um nach Lukas und Cédric zu schauen. Cédric ist wahrscheinlich noch beim Fußballtraining, daher klopfe ich zuerst an Lukas Zimmer an. Als keine Antwort ertönt, öffne ich die Tür. Das Zimmer ist leer. Das ist ungewöhnlich, denn meistens sitzt er um die Zeit vor dem PC und ist am Zocken. Wie erwartet ist auch Cédric

Zimmer leer. Ich bin alleine im Haus. Flüchtig werfe ich einen Blick in mein altes Schlafzimmer. Meine Seite des Ehebetts ist unberührt, während Jürgens Schlafplatz unordentlich und zerknittert ist. Ob er mich manchmal vermisst? Oder macht ihm das nichts aus ganz allein im großen Ehebett zu schlafen?

Ich spüre, wie ich müde werde und beschließe, mir in der Küche einen Kaffee zu machen. Als Jürgen etwas später nach Hause kommt, sitze ich nervös in der Küche. Ich springe vom Stuhl auf, um ihm entgegenzulaufen, doch da erblickt er mich schon. Für einen Moment ist Jürgen sichtlich überrascht. Doch der Moment ist schnell vorüber.

„Was machst du hier?", blafft er. „Wie bist du hier reingekommen? Du hast kein Recht einfach aufzukreuzen, wann es dir passt. Du hast dieses Haus verlassen."

„Es ist immer noch unser Haus und ich habe noch die Schlüssel. Ich bin hergekommen, weil wir reden müssen."

„Es gibt nichts zu bereden.", erwidert er wie aus der Pistole geschossen.

Da taucht Lukas auf einmal neben ihm auf.

„Hä? Mutter? Was machst du hier?", fragt er ohne Umschweife.

Was für eine großartige Begrüßung! Kein „Hallo" oder „Schön dich zu sehen." Lukas freut sich kein bisschen darüber, mich zu sehen. Ich bin tief betroffen. Wozu kämpfe ich überhaupt?

„Hallo Lukas. Schön dich zu sehen. Wie geht es dir?"

Er murmelt etwas Unverständliches vor sich hin, wendet sich ab und verlässt die Küche. Mir ist zum Heulen zu Mute. Lukas ist zwar nie ein herzlicher Mensch gewesen. Doch *das* hätte ich von ihm nicht erwartet. Plötzlich sehe ich Cédrics Gesicht vor meinem geistigen Auge: Sein

unschuldiges Lächeln, wie er zu mir „*Maman*" sagt, wie süß er ist, wenn er französisch spricht. Ich werde verpassen, wie er zu einem Mann heranwächst, wenn ich jetzt nicht um ihm kämpfe.
Ich fixiere Jürgen fest mit meinem Blick.
„Setz dich und lass uns reden. Ich verspreche dir, das wird nicht lange dauern."
Er sieht mich abwägend an. Schließlich gibt er nach.
„Gut, fünf Minuten."
Wie großzügig, du Mistkerl!, denke ich wütend.
„Gut, ich werde nicht lange drum herumreden: Ich will meine Kinder regelmäßig sehen, und zwar ohne jedes Mal um Erlaubnis betteln zu müssen. Sie wohnen zwar noch bei dir, aber vergiss nicht, dass wir uns beide das Sorgerecht teilen. Und ..."
„Ach Gott! *Das* schon wieder. Meine Kinder, meine Kinder!", äfft Jürgen. „Sprich mit meinem Anwalt darüber. Und ich will dich hier nicht mehr unangekündigt sehen. Das hier ist nicht mehr dein Zuhause."
„Komm mir nicht mit Anwalt! Du weißt genauso gut wie ich, dass der Weg über das Gericht sehr lange dauert. Ich kann so lange nicht warten. Ich bin eine Mutter und ich will sehen, wie meine Lukas und Cédric aufwachsen."
„Das hättest du dir überlegen müssen, bevor du uns verlassen hast."
„Ich hatte gehofft, dass ich an deine Menschlichkeit appellieren kann und dass du dein Ego bei Seite legst."
Ich lege eine kurze Pause ein, um meinen Worten Nachdruck zu verleihen.
„Dann sorge ich eben selbst für Gerechtigkeit. Ich habe unsere WhatsApp- Chats gespeichert und kann beweisen, dass du derjenige bist, der die Kinder von mir fernhält. Ich werde dich als dem schlechten Menschen hinstellen, der du bist und dem Richter klarmachen, dass du nicht

fähig bist, Kinder großzuziehen."
Jürgens Augen verengen sich zu Schlitzen, doch ich lasse mich nicht beirren.
„Ich werde nicht nur dem Richter vor Augen führen, wer du wirklich bist, sondern all unseren Verwandten, Kollegen und Freunden. Die ganze Welt soll wissen, dass du mich bedroht hast versucht hast, mich zu vergewaltigen ..."
„Ich soll was?!"
„... Und ich fange bei deinen Eltern an. Ich rufe Anita an und erzähle ihr vom Heiligabend, damit sie weiß, dass was für ein Schwein ihr 'ach so perfekter Sohn' ist. Ich erzähle allen, dass *du* - du allein- der Grund bist, weshalb ich ausgezogen bin. Du und nicht Micha! Ich hatte Angst davor, vergewaltigt, geschlagen, bedroht und fertiggemacht zu werden. Deshalb bin ich ausgezogen, du Psychopath."
Ich versuche, die Wut in meiner Stimme zu unterdrücken, um Jürgen keinen Anlass zur Freude zu geben. Er sieht mich überrascht an. Damit hatte er wohl nicht gerechnet. Dieses Mal habe ich seine Schwachstelle getroffen. Sein Ansehen bedeutet Jürgen alles. Niemand weiß besser als ich, was er dafür geben würde, um den Anschein nach außen hin zu bewahren.
„Jürgen, ich meine es völlig ernst. Jeder wird über dich lästern, wenn ich erst mal allen die Wahrheit erzähle. Deine ganzen Kollegen, die dich so schätzen, werden über dich tuscheln. Deine Eltern werden enttäuscht sein von dir und Lukas und Cédric werden sich auch von dir abwenden. Überleg dir gut, ob das alles riskieren willst."
Ich weiß, dass es ist erbärmlich ist, jemandem damit zu drohen, dass man seine Arbeitskollegen in die Privatangelegenheiten einweiht. Aber das ist die letzte Möglichkeit, die ich sehe. Ich will nicht darauf warten

müssen, bis ich irgendein Richter über mein Leben urteilt. Das fühlt sich so falsch an, denn er steckt gar nicht in meiner Haut. Und was mache ich, wenn er voreingenommen ist und ich gar keine Chance bei ihm habe? Das wäre nicht auszudenken.
„Also du hast die Wahl. Ich fange sonst noch heute Abend an. Anita steht ganz oben auf meiner Liste."
„Schön. Was willst du verdammt nochmal?"
„Ich will Lukas und Cédric mindestens zwei Mal die Woche sehen ..."
„Wenn sie dich denn auch sehen wollen."
„Und ich will, dass du in die Scheidung einwilligst und dich nicht mehr länger querstellst."
Jürgen betrachtet mich schweigend. Für einen Moment bin ich nicht sicher, ob das ausreicht, um ihn dazu zu bringen, nachzugeben.
Als er schließlich „gut" sagt, kann ich meinen eigenen Ohren kaum trauen. Mir fällt ein Stein vom Herzen.
„Bei Gott Jürgen, ich meine es ernst. Denk nicht, du kannst wieder irgendwelche Spielchen spielen. Das wird nicht funktionieren - nicht dieses Mal."
„Ich habe doch zugestimmt. Was willst du denn noch!"
Gott sei Dank!, denke ich erleichtert. Ich muss stark dagegen ankämpfen, die Hand auf meinem Bauch zu legen. Eine kleine, alltägliche Geste, die mich verraten wird, wenn ich nicht aufpasse. Ich habe mich umentschieden und will nicht, dass Jürgen über meine Schwangerschaft Bescheid weiß. Zumindest noch nicht.
Plötzlich taucht Lukas wieder in der Küche auf. Als er mich erblickt, bleibt er abrupt stehen.
„Was macht *die* noch hier?"
Ich spüre einen Stich im Herzen. Er spricht in meiner Gegenwart in der dritten Person von mir. Sein respektloses Verhalten treibt mich zur Weißglut. Ich habe

es satt, mich zurückhalten zu müssen. Wer nimmt denn mal Rücksicht auf mich? Ich springe mit einem Satz vom Stuhl auf.

„Was soll das?! Ich bin deine Mutter, du undankbares Ding. Zeig gefälligst etwas mehr Respekt."

„Ja, eine Mutter, die ihre Kinder verlassen hat. Es interessiert dich gar nicht, wie es mir oder Cédric wirklich geht. Hier dreht sich alles nur um dich. Dir geht es nur darum, Dad eins auszuwischen. Ich bin nicht blöd."

Seine Worte treffen mich wie eine Feuerkugel. Wieso konnte ich zu Lukas nie keinen guten Draht aufbauen? Was habe ich nur getan, dass er mich so hasst?

„Wenn du das wirklich glaubst, dann bist du blöd.", entgegne ich den Tränen nah.

„Geh auf dein Zimmer!", sagt Jürgen zu Lukas. Dann wendet er sich mir zu. „Ich denke, es ist besser, wenn du jetzt gehst, Catherine."

Langsam erhebt er sich vom Stuhl und kommt zu mir herüber, um mich bis zur Tür zu begleiten. Ich bin wie benommen und kann keinen klaren Gedanken fassen. Ein Teil von mir möchte, dass ich mich von Jürgen losreiße und eigenständig das Haus verlasse. Doch der andere Teil von mir - der schwache Teil - möchte einfach nur in den Arm genommen und getröstet werden. Der schwache Teil in mir überwiegt.

„Jürgen?", wende ich mich hilfesuchend an ihm. „Warum hasst mich Lukas? Ich meine, das hat nichts mit Micha zu tun. Er war auch schon vorher sehr distanziert zu mir."

„Er hasst dich nicht.", beteuert Jürgen.

Wir stehen vor der Haustür und meiden beide den Blickkontakt.

„Aber er will mich nicht mal sehen.", bricht es aus mir hervor. Der Schmerz sitzt tief. Jürgen zuckt mit den Schultern.

„Was soll ich sagen? Lukas ist in der Pubertät. Vielleicht fühlt er sich einfach allein gelassen von dir. Nimm dir das nicht so zu Herzen."

Das ist zwar ein schwacher Trost. Dennoch bin ich froh, dass Jürgen sich in diesem Moment erwachsen verhält und meine Schwäche nicht ausnutzt.

Dann murmle ich ein „Tschüss!", wende ihm den Rücken zu und verlasse das Haus. Die ganze Autofahrt über hallt Lukas Stimme in meinem Kopf nach: *Was macht die noch hier?! Was macht de noch hier?! Was macht die noch hier?! ... es interessiert dich doch gar nicht wie es mir oder Cédric geht. Hier dreht sich alles nur um dich.* Ich bin so tief in Gedanken versunken, dass ich eine rote Ampel überquere und zwei Mal jemandem die Vorfahrt stehle. Das handelt mir einen Mittelfinger und lautes Hupen ein. Doch es ist mir egal, denn ich fühle mich innerlich leer. Für den Bruchteil einer Sekunde kommt der Wunsch, tot zu sein, in mir hoch. Ich stelle mir vor, wie das sein würde: Kein Jürgen mehr, kein Schmerz, keine Kinder, die mich hassen und keine Sorgen um die Zukunft. Ich würde einfach die Augen schließen und diese Welt verlassen. Tränen schießen mir in die Augen und ich kann nur noch verschwommen sehen. Ich habe das Gefühl, mein ganzes Leben lang versagt zu haben. *Selbst deine Kinder wollen dich nicht!*, schießt es mir durch den Kopf. Dann fällt mir das Baby in meinem Bauch ein. Wozu noch ein Kind auf die Welt bringen? In nicht mal sechzehn Jahren wird es bestimmt auch zu mir sagen: „Was macht die noch hier?!" Ich fühle mich verloren. Wo ist mein Platz auf dieser Welt, wenn nicht mal meine Kinder mich haben wollen?

Als ich Zuhause ankomme, empfängt mich Micha mit einem warmen Lächeln. Zu meiner Überraschung hat er

für uns gekocht und schon den Tisch gedeckt. Der herrliche Geruch von *Spaghetti Carbonara* schlägt mir entgegen und ich spüre, wie mir das Wasser im Mund zusammenläuft. Auf dem Esstisch stehen zwei Teller mit Besteck, Mineralwasser und zwei große Kerzen. Ich weiß, wie gerne Micha Wein zum Abendessen trinken würde. Doch meinetwegen verzichtet er während der Schwangerschaft auf alkoholische Getränke. *Siehst du, es gibt doch jemanden, der dich liebt,* schießt es mir durch den Kopf.
Seine Augen funkeln im Kerzenschein, als er mir einen Kuss auf den Mund drückt.
„Da bist du ja endlich. Wo warst du, *chérie*?"
Ich beschließe, die Frage dezent zu ignorieren.
„Oh, du hast für uns gekocht, Schatz? Das sieht echt lecker aus."
Mit einem Schlag sind all meine negativen Gedanken wie verflogen. Micha hat es ungeahnt geschafft, mich aus dem dunklen Sog zu befreien. Während ich ihn im flackernden Kerzenschein betrachte, spüre ich das Verlangen, mit ihm zu schlafen. Reiß dich zusammen Kate!, raune ich mir in Gedanken zu. Vor nicht mal zehn Minuten wünschte ich, tot zu sein und jetzt kann ich es kaum erwarten, Sex zu haben. Es liegt bestimmt an den Hormonen, versuche ich mich zu beruhigen.
„Dann lass uns mal anfangen mit dem Essen, bevor es kalt wird.", sage ich und setzte mich an den Tisch. Micha nimmt mir gegenüber Platz und füllt zuerst meinen Teller mit *Spaghetti Carbonara*.
Während des Essens unterhalten wir uns angeregt, scherzen und lachen. Ich kann nicht die Augen von ihm lassen. Obwohl Monate seit unserem ersten Sex- Date vergangen sind, hat Micha kein bisschen von seinem Charme verloren. Im Gegenteil. Ich finde ihn sogar noch

attraktiver. Er liebt das Leben und das lässt ihn sehr anziehend wirken.

Nach dem Essen kommt Micha wortlos um den Tisch herum und hebt mich hoch. Ein überraschter Ausruf kommt über meine Lippen.

„Das wolltest du doch. Denkst du, ich habe das nicht bemerkt?", flüstert er an meinem Ohr, während er mich ins Schlafzimmer trägt.

Dort verbringen wir den restlichen Abend und die ganze Nacht. Bis zum Morgengrauen lieben wir uns abermals. Mal sind wir zärtlich und liebevoll, dann wiederum wild und ungehalten. Zwischendurch schlafe ich in seinen Armen ein, bis uns wieder die Lust überkommt. Wir haben oft Nächte wie diese verbracht, doch es war nie so wie dieses Mal. Die Luft knistert regelrecht und ich habe das Gefühl, dass mein Körper vor Leidenschaft brennt. Die Höhepunkte sind so intensiv, dass mich das komplett umhaut. Einmal breche ich sogar in Tränen aus. Ich gebe mich Micha vollkommen hin und bin sehr emotional. Vielleicht liegt es auch an der Schwangerschaft. Das letzte Mal, dass ich schwanger war, ist so lange her, dass ich mich nur schwach daran erinnere. Es kommt mir vor wie aus einem anderen Leben.

Micha umschlingt meinen zuckenden Körper und redet ruhig auf mich ein. Dann beginnt das Liebesspiel von vorne …

Als der Wecker schließlich klingelt und Micha zur Arbeit aufbrechen muss, lasse ich ihn nur ungern gehen.

„Ich versuche heute etwas früher nach Hause zu kommen. Dann setzen wir das hier fort.", flüstert Micha an meinem Ohr.

„Versprochen?", murmle ich schlaftrunken.

„Ja, versprochen."

Er grinst breit und steigt mit einem Satz aus dem Bett. Als

er im Bad ist, fallen mir wieder die Augen zu. Ich bin so müde, dass ich sofort in einem tiefen Schlaf falle. Erst gegen Mittag wache ich benommen wieder auf. Mittlerweile ist das Zimmer vom Sonnenlicht durchflutet. Mein Blick fällt auf Michas leeren Platz und ich komme mir einen Moment lang sehr einsam vor. Die Erinnerungen an letzte Nacht kommen wieder hoch und ich erröte unwillkürlich. Ich kann Michas Berührungen und seinen Atem immer noch auf meiner Haut spüren.
Entspannt und berauscht von Glückshormonen gehe ich ins Bad und dusche ausgiebig. Später schmeiße ich den Kamin im Wohnzimmer an, mache Kaffee und setze mich mit einer dampfenden Tasse auf das Sofa. Der Fernseher läuft im Hintergrund, während ich gedankenverloren durch eine Modezeitschrift blättere und an meiner Tasse nippe. Meine Gedanken wandern zurück zu letzter Nacht. Immer wieder durchlebe ich die Glücksmomente mit Micha. Ich kann es kaum abwarten, bis er von der Arbeit nach Hause kommt. Unwillkürlich werfe ich einen Blick auf die Wanduhr: Es ist kurz nach halb eins. Etwa fünf Stunden noch, sage ich mir erwartungsvoll. Dieses Mal will ich Micha mit einem romantischen Abendessen überraschen.

Unser bisheriges Zusammenleben wurde von meinen Problemen überschattet. Der Stress mit Jürgen hat unsere Beziehung belastet. Romantische Stunden wie gestern sind zu einer Seltenheit geworden, seit ich zu Micha gezogen bin. Doch das wird sich jetzt ändern. Die gestrige Nacht ist ein guter Start, um die Leidenschaft in unserer Beziehung wieder zum Erwachen zu bringen.
Ich überlege gerade, was ich zum Abendessen kochen soll, als es plötzlich an der Tür klingelt. Wer kann das sein? Micha ist doch bei der Arbeit. Ich schmeiße die

Zeitschrift achtlos auf das Sofa und laufe zur Haustür. Vor mir stehen zwei uniformierte Polizisten. Ich spüre, wie ich schlagartig verkrampfe. Einer der Polizisten mustert mich von Kopf bis Fuß. Da erst fällt mir ein, dass ich noch meinen Morgenmantel anhabe und meine Haare nass und nicht gekämmt sind, seit ich aus der Dusche gekommen bin. Unwillkürlich schlinge ich den Morgenmantel enger um meinen Körper.

„Ja?", krächze ich. Mein Hals fühlt sich staubtrocken an.

„Guten Tag, Berndt, mein Name. Das ist mein Kollege Grewe. Sind Sie die Lebensgefährtin von Herrn Michael Conti De Luca?"

Während er spricht, hält er mir seinen Polizeiausweisunter die Nase.

Ich nicke.

„Catherine Nicolas."

Tausende Gedanken drängen sich gleichzeitig meinem Kopf: Was ist passiert? Wo ist Micha? Geht es ihm gut?

„Dürfen wir kurz reinkommen?"

Ich trete beiseite und lasse die beiden Polizisten herein.

„Kann ich euch etwas zu trinken bringen?", frage ich.

„Danke, machen Sie sich keine Umstände."

Wir laufen gemeinsam zum Wohnzimmer, wo noch der Fernseher läuft. Der Kaffee ist übergeschwappt und hat braune Flecken auf dem Sofatisch hinterlassen. Mir ist das peinlich. Doch woher hätte ich ahnen können, dass auf einmal Polizisten vor der Tür stehen?

Ich kratze all meinen Mut zusammen.

„Ist etwas vorgefallen?"

Willst du das wirklich wissen?, raune ich mir in Gedanken zu. Doch die Ungewissheit ist viel schlimmer.

Die beiden Männer wechseln einen Blick, bevor der, der sich als Berndt vorgestellt hat, antwortet.

„Ich denke, es ist besser, wenn wir uns hinsetzen."

„Ehm … ja … klar."

Ich greife zur Fernbedienung, schalte den Fernseher aus, lege die Zeitschrift auf den Sofatisch und setze mich hin. Ich spüre ihre Blicke auf mir.

„Bitte nehmen Sie Platz.", sage ich mit einer einladenden Geste.

Berndt und Grewe nehmen in der anderen Sofaecke Platz. Ich versuche in ihren Augen zu lesen, was sie als nächstes sagen werden. Doch ihre Mienen sind undurchdringlich.

„Frau Nicolas", beginnt Berndt. „Es tut uns sehr leid, Ihnen das mitteilen zu müssen. Doch Ihr Lebensgefährte hatte einen Autounfall."

„Micha?", frage ich tonlos. „Wo ist er jetzt?"

Noch bevor Berndt den Mund aufmacht, um zu antworten, weiß ich es. Ich weiß es intuitiv. Doch ich will es nicht wahrhaben.

„Es tut uns so leid … er ist gestorben."

„NEIN!", höre ich mich schreien. „Nein, nein, nein!" Verzweifelt packe ich mir an den Kopf. „Vielleicht liegt nur eine Verwechselung vor? Ich … ich meine, heute Morgen habe ich ihn gesehen. Es ging ihm gut."

Berndt rückt näher an mich heran. In seinem Blick liegt jetzt Mitleid.

„Es ist keine Verwechselung.", erklärt er mit ruhiger Stimme. „Ihr Lebensgefährte hatte einen schlimmen Autounfall. Er ist noch vor Ort gestorben."

Meine Augen füllen sich mit Tränen. Micha … tot? Unwillkürlich muss ich an sein Versprechen von heute Morgen denken: *Ich versuche heute etwas früher nach Hause zu kommen … versprochen*.

Ich verspüre den Drang, Berndt ins Gesicht zu schlagen. Nur mit Mühe kann ich mich zurückhalten.

Tränen rollen über mein Gesicht. *Micha tot … tot …*

tooot.

„Warum rufen Sie nicht eine gute Freundin an? Wir warten solange."

Ich spüre, dass Berndt unsicher ist. Vielleicht fühlt er sich auf eine merkwürdige Art und Weise schuldig.

„Sagen Sie mir nicht, was ich tun soll!", fauche ich. Wie kann er verstehen, wie ich mich fühle?

Das Baby in meinem Bauch fällt mir ein. Micha und ich, wir wollten gemeinsam ein Kind haben. Mir wird schlagartig übel und ich presse die Hand auf den Mund. *Oh Gott, bitte lass nicht zu, dass ich mich übergebe. Nicht hier, vor den Polizisten!* bete ich stumm. Ich presse die Augen fest zusammen. *Gott, bitte hilf mir!*

„Er starb sofort. Er hatte keine Schmerzen.", höre ich Berndt murmeln. Seine Stimme ist ein Hauch.

„Was?"

„Michael litt nicht, als er starb."